KB158277

바닐라

# 바닐라

ばにらさま

야마모토 후미오 지음

김현화 옮김

ㅈ▲〉〉▲
직선과곡선

# 차 례

# 바닐라

생활이 갑자기 하얘졌다. 나는 지금 흰 와이셔츠를 입고
흰 사무실에서 매일 일하고 있다. 청바지에 파랑 앞치마를
걸치고 일하면 납세는 영원히 청색신고(납세자가 세액을 결정
하여 신고·납세하는 것으로, 한국의 녹색신고제도와 유사)를 해야
했을 텐데, 예기치 않게 화이트칼라가 되었다. 더구나 하얀
연인까지 있다. 인생은 정말 알다가도 모르겠다.

나의 하얀 연인은 비유가 아니라 정말로 하얗다. 마루노
우치에서 일하는 여자들은 하나같이 히나 인형처럼 화장을
하얗게 하지만, 그녀는 목덜미에서 위팔 안쪽까지 바닐라
아이스크림처럼 하얗다. 본인은 통통해 보여서 콤플렉스라
고 했지만, 어딜 봐도 그녀는 통통하지 않다. 오히려 가슴이

나 허리 부근은 살이 좀 더 붙는 편이 좋다고 생각할 정도로 가늘다.

"땀이 엄청 나."

그리 웃으면서 말하자 그녀는 이쪽에 손수건을 내밀었다. 파스텔컬러의 아담한 타월 손수건을 나는 요 3개월 동안 몇 번이나 빌렸는지 모른다.

"뚱뚱하고 땀도 잘 나서 창피하네."

"신진대사가 좋아서 부러워. 나는 몸이 차서 어지간해서는 땀이 잘 안 나."

테이블 건너편에서 그녀는 다정하게 눈꼬리를 누그러뜨렸다. 몸이 차다면서 코트를 벗으니 반팔 니트 차림이었다. 짧은 스커트에서 나온 다리에는 맨다리라고 잘못 볼 정도로 얇은 스타킹을 신고 있었다. 음식점은 하나같이 더울 만큼 난방을 틀어놓긴 하지만, 그런데도 그녀는 언제나 놀랄 만큼 얇게 입고 있다. 이제 곧 12월이 다가온다. 그녀의 코트는 얇은 트렌치코트로 멋스러울지도 모르지만 참으로 무방비해 보인다.

주말도 아닌데 가게는 붐비고 있었다. 내가 인터넷에서 발견한 태국 요리점은 평판대로 여자들이 좋아할 만한 인테리어에 점원의 접객 솜씨도 좋았다. 태국 요리는 처음 먹어보는 거라 다른 곳과 비교할 방법은 없지만, 상상 이상으로 맛있어서 똠얌꿍을 단번에 먹어치웠다. 그랬더니 온몸이 뜨거워져서 땀이 대량으로 분출되기 시작한 것이다. 향신료는 무시할 게 못 된다. 그녀는 빙긋이 웃고 있었지만, 덜어먹는 접시에 놓인 요리가 그다지 줄지 않았다. 처음에는 그녀가 젓가락으로 깨작거리면 가게를 잘못 골랐나 해서 가슴이 벌렁거렸지만, 지금은 그녀가 소식을 하는 데 익숙해졌다. 얼굴의 땀을 닦아내고 한숨을 쉬는데 그녀가 우롱차만 입에 대고 있다는 사실을 깨달았다.

"디저트라도 먹을래?"

"음, 히로시는?"

"글쎄, 가게도 복잡하니 어딘가에 차라도 마시러 갈까?"

그녀는 빙긋이 웃으며 고개를 끄덕였다. 계산대에서 계산을 하고 바깥으로 나가자 바깥에 나와 있던 그녀가 "잘 먹었어"라고 고개를 숙였다. 아냐아냐아냐 하고 돈을 낸 내쪽이 왠지 모르게 몸 둘 바를 몰라한다. 이것도 매번 있는 일이다.

긴자는 거리 전체가 크리스마스트리 같아서 어딜 걸어도 반짝인다. 그녀가 먼저 손을 잡아서 나도 어색하게 가느다란 손가락을 잡아 답하자 얼음처럼 차가워서 오싹했다. 얼른 따듯한 장소에 데리고 가야 한다며 조급해졌다.

"다케야마, 안 추워? 저쪽에 있는 스타벅스에 들어갈까?"

"음……."

"그럼 전에 영화 보고 가던 길에 갔던 카페는? 여기서 가까웠잖아? 차가 좀 비싸지만."

"응, 괜찮아. 그럴까?"

식사비는 내가 내고 찻값은 그녀가 낸다. 어쩌다 보니 데이트 비용은 그렇게 부담하기로 정해졌다. 나는 본가에서 살고 그녀는 혼자 살기 때문에 실은 내가 전부 내도 될 정도지만, 그녀가 먼저 조금이라도 내게 해달라고 했다. 그러다 보니 식사하는 가게는 내가 찾고, 차는 그녀가 아는 가게로 가는 일이 많다. 그녀는 카페를 많이 알아서 맡기는 편이 편했다.

유럽의 고급 초콜릿점이 운영하는 카페는 술도 식사 메뉴도 없어서인지 자리가 비교적 비어 있었다. 나도 그녀도 술을 마시지 않아서 코스 요리가 아닌 한, 1시간 정도 만에 식사가 끝난다. 거리로 몰려나온 사람들은 아직 한창 1차 중일 테다. 창가 소파 자리로 안내를 받자 그녀는 코트를 벗어 반팔차림이 되었다. 비스듬히 앞쪽에 앉자 하얀 소파에 그녀의 차콜그레이 니트가 또렷하게 비춰졌다. 너무 큰 의자가 그녀를 인형처럼 보이게 했다. 나는 매운 요리를 먹은 반동으로 달콤한 게 당겨서 코코아를, 그녀는 허브티를 주문했다.

"저기, 다케야마, 24일에 다른 스케줄 있어?"

내가 물어보자 그녀는 큰 눈으로 나를 지그시 바라보았다. 그리고 뾰로통하니 말했다.

"이브는 데이트해야 하는 거 아냐? 그리고 성 말고 이름으로 부르겠다고 요전번에 약속했잖아."

"아, 그러네. 맞네. 아무래도 이런 게 익숙하지 않아서."

"이름으로 불러."

"응, 미즈키."

귀가 뜨거워졌다. 외치고 싶을 정도로 쑥스러웠다. 내 인생에서 여성을 이름으로 부른 적은 단 한 번도 없었다. 그녀는 그만 삐치고 고개를 갸웃거리며 웃었다.

"그래도 연말이니 일 있으면 무리하지 마."

"괜찮아. 그런데 잔업이 좀 있을지도 모르니 미안해. 그리고 알려준 레스토랑, 양쪽 다 만석이라서 예약 못한대."

"그래? 인기 있는 가게인가보네."

"좀 그럴지도 모르지만 창코나베 가게 중에서 엄청 맛있는 곳 알고 있어. 크리스마스에 창코나베를 먹는 게 싫으면 다른 곳을 찾아보겠지만."

"아냐, 괜찮아. 그렇게 맛있어? 난 먹어본 적 없어."

그녀의 웃는 얼굴에 변화가 없어서 나는 가슴을 쓸어내렸다.

"소프다키(창코나베의 대표적인 조리법 중 하나)라고 해서 닭고기로 국물을 낸 거야. 원래는 스모 도장에 찾아온 손님용으로 만든 듯한데, 거기 건 고급스러워서 연예인도 가끔 오는 모양이야."

"기뻐. 고마워."

감사 인사를 듣고 다시 이마에 땀이 솟구치는 것을 느꼈다. 그녀에게 고맙다는 인사를 들으면 혈압이 올라간다. 계속해서 빌리고 있던 타월 손수건으로 땀을 닦고 있으니 그녀가 창밖의 일루미네이션에 시선을 주고 "예쁘네"라고 읊조렸다. 나는 말을 멈추고 고개를 끄덕였다.

이따금 미즈키는 멍하니 가만히 있을 때가 있다. 맨 처음에는 그 침묵이 두려워서 괜히 말을 걸었지만, 최근에는 마침내 그런 그녀를 바라볼 정도의 여유가 생겼다.

목덜미가 살짝 틀어져서 턱선이 잘 보였다. 여리여리한 어깨에 머리카락이 부드럽게 떨어져 있었다.

미인에 헤어스타일이 예쁘장하고 팔다리가 가늘어서 여

기저기 할 것 없이 반짝거리고 있었다. 이런 세련된 여성과 자신이 사귀고 있다니 여전히 실감이 나지 않았다.

사귈래요? 라는 말을 그녀한테 먼저 들었을 때 그럼요, 어디든지 가요, 이래 보여도 걷는 것만큼은 자신 있어요, 라고 말해서 그녀가 웃었다(일본에서 사귀자는 말은 어디에 함께 가달라는 뜻으로도 쓰임). 교제를 제안받았다고 생각하기 힘들지 않은가. 신입인 나는 외근이나 심부름을 지시받을 일이 많았고, 회사 여자들은 모두 예뻐서 말을 섞는 것조차 송구스러웠다. 대체 미즈키는 나 같은 남자의 어디가 마음에 들었을까?

긴 속눈썹에 넋을 놓고 있으니 그녀가 이쪽을 문득 보았다. 나는 서둘러 고개를 숙였다. 빤히 보고 있었던 걸 들켰을까?

"슬슬 집에 갈까? 내일도 출근해야 하니까."

선생님이 다정하게 타이르는 유치원생이 된 기분으로 나는 고개를 끄덕였다.


11월 26일

친구와 태국 요리를 먹고 왔다. 가격에 비해 그럭저럭 맛있었지만, 술에 취해서 소란을 떠는 사람이 많아 시끄러웠다. 주정꾼은 싫다.

하지만 근사한 남자친구와 함께라면 나도 조금은 취해도 괜찮으려나? 최근에 술을 거의 안 마셨다.

긴자는 크리스마스 일색으로 예뻤지만 왠지 외로워졌다. 올해 크리스마스는 혼자려나? 요전번에 샀던 실크 원피스, 크리스마스에 입으려고 했는데. 미팅 자리에 입고 가기에는 화려하니까.

머리카락에서 향신료와 담배 냄새가 난다. 씻고 잘까? 그런데 어차피 아침에 씻으니까. 도시락용 햇반, 아직 있나? 사러 가야 하는데. 방도 치워야 하는데.

매일 자질구레한 일로 바빠서 짜증이 난다.


'야킨'이라고 들었을 때 야근(일본에서는 '야킨夜勤'이라고 부름)이라고 생각했다. 취직하는 데 신세를 진 사람은 크게 웃었고 손 언저리에 있던 메모지에 '야금冶金'이라고 써주었다. 그런데도 무슨 뜻인지 나는 알 수 없었다. 좁은 세계밖에 모르던 나는 그 사람에게 권유받아서 근무하러 나가기를 결심했다.

거대한 금속 그룹이 출자하는 야금연구기관. 나는 그곳

에서 하는 근무 내용도 모른 채 심부름꾼 같은 일을 하기 시작했다. 저렴한 슈트를 입고 넥타이를 하고 지하철을 타고서 목에 걸린 ID카드로 사무실 문을 연다. 참고로 야금은 산에서 광석을 파내 그것들을 자잘하게 깨뜨려서, 꺼낸 광물의 순도를 높여 정련精鍊하고, 더구나 그곳에서 필요로 하는 광물의 순도를 상품가치가 있는 정도까지 높인 일련의 공정이라고 하는데, 그것과 나의 일상근무는 전혀 관계가 없다. 산에도 가지 않고 열로 걸쭉하게 녹인 광물을 휘저으러 가지도 않는다. 더구나 연구하려고 해도 사전을 뒤적거리는 일부터 해야 한다. 직속 여상사에게 어디부터 공부하면 되는지 물어보니, "당신이 연구하는 게 아니니 됐어요"라고 다정한지 차가운지 알 수 없는 대답을 들었다.

확실히 내가 소속되어 있는 건 대외적인 일을 맡는 부서로 실제 연구 내용과는 연관이 없다. 그래서 영문을 알 수 없어도 부탁받은 잡무를 해내기만 하면 하루하루가 점점 지나갔다. 그날도 이제 갓 익힌 소프트웨어를 사용해 아침부터 내내 자료 통계 그래프를 만들고 있었다.

"나카지마 씨, 점심 먹으러 안 가?"

누군가 말을 걸어서 고개를 들자 그 여상사가 서 있었다. 그녀의 어깨 너머로 보이는 벽시계가 오후 한 시를 지나고 있었다.

"아, 지금 좀 애를 먹고 있어서요."

"휴식을 취해야 효율이 올라가지. 아침부터 내내 모니터에 계속 들러붙어 있기만 하고. 자, 일어나, 일어나라고."

이 사람은 가끔 점심을 먹자고 하지만 점심 세트가 2천엔 이상이나 하는 가게로 늘 데리고 가기 때문에 내키지 않았다. 물론 상사가 쏘지만 그건 그것대로 마음이 편하지 않았다.

"새로운 사천요리집이 옆 빌딩에 생겼어. 거기 가죠."

"죄송해요. 전 다이어트 중이라서 사양해야 할 듯해요."

어리둥절해하고 나서 어째서인지 여상사가 폭소했다.

"다이어트? 나카지마 씨도 살 빼고 싶어 하는구나?"

"아, 사회인이 되고 나서 7킬로그램이 늘었거든요."

"부럽네. 보통 신경을 쓰면 홀쭉해지지 않나? 너무 무리하지 말고 일도 다이어트도 편안하게 해. 아, 기자키 씨, 지금 점심 먹으러 가? 같이 가."

때마침 지나가던 경리 여성에게 말을 걸더니 그녀는 이쪽을 돌아보지 않고 복도로 나갔다. 부주임이라는 직책을 가지고 있는 사람이지만, 일은 거의 가르쳐주지 않고 묘하게 정신적으로 피곤하게 만드는 사람이다. 나는 숨을 뱉고 컴퓨터를 절전모드로 했다.

체중을 신경 쓰는 것은 사실이다. 사회인이 되기 전까지 가업인 주류점을 도왔는데, 그때에 비하면 몸을 움직이는 일이 압도적으로 줄었다. 더구나 익숙하지 않은 사무실 업무는 큰 스트레스다. 스트레스로 마르는 사람도 있으면 찌는 사람도 있다. 엄마가 이혼하고 어수선했을 무렵, 역시 급격하게 살이 쪄서 겉보기에는 튼튼한 듯했으나 자주 현기증을 일으켰다. 지금의 엄마는 완전히 원래대로 돌아와서 그 무렵보다 어찌 보면 젊어 보인다.

하지만 스트레스가 쌓인다고 일을 관둘 수 있다면 고생은 아무도 안 할 테다. 몸집은 크면서 쓸데없다는 소리를 듣지 않도록 일도 감량도 열심히 하는 수밖에 없다. 기합을 넣고 나는 일어났다. 사무실이 들어서 있는 빌딩 지하에는 편의점이 있고 점심은 한결같이 그곳에서 조달했다. 이 부근에서는 점심을 저렴하고 가볍게 먹을 수 있는 가게가 거의 없다. 도시락을 파는 차가 여기저기에 와 있지만, 그것도 1시에 가까워지면 품절된다. 그러면 귀찮아서 자신도 모르게 편의점에서 파는 걸로 때우자는 기분이 든다. 이 될 대로 되라는 느낌도 분명 살이 찌는 원인일 것이다. 기름지고 자극이 강한 조미료에 미각과 식욕이 속는 것이다.

엘리베이터 홀로 향하는 도중에 다른 사무실 여성들과 스쳐지나갔다. 이 오피스 빌딩에는 작은 사무실이 많이 들어서 있는데 사무실 이름은 하나같이 대기업뿐이다. 우리 회사 연구소는 대개 지방에 있지만, 행정 업무를 편하게 처리하기 위해 가스미가세키와 가까운 장소에 사무실이 필요한 거라고 한다. 다른 회사도 분명 그런 이유일 테다. 일하는 사람은 남자도 여자도 연배가 있는 사람도 젊은 사람도 모두 하나같이 말쑥하다. 그중에서 한층 더 내 시선을 끈 것은 여자들이었다. 이 일대에서 일하는 여성은 대충 두 부류로 나누어지는 걸 알 수 있다. 우리 여상사처럼 통이 좁은 정장바지를 입는 그룹과 열대어처럼 팔랑대며 오피스를 오가는 그룹. 정장바지는 유유히 혼자서 헤엄치고, 열대어는 무리를 짓고 있다. 무리를 짓고 있는 것은 정사원이 아닌 파견으로 일하는 사람이 대부분이었다. 스쳐지나간 여성들의 알록달록한 스커트 자락을 돌아보고서 응시하다 시선을 되돌리자 눈앞에 한 마리가 더 있어서 흠칫했다.

"지금부터 점심 먹으러 가?"

미즈키가 점심 도시락을 들고 미소 짓고 있었다.

"아, 응, 깜짝 놀랐네. 멍하니 있었거든."

입술이 몹시 번들거리는 걸 보아하니 화장이라도 고치고

온 모양이다.

"어디로 먹으러 가?"

"편의점. 매일 편의점 도시락이야. 미즈키는 오늘도 수제 도시락?"

"응, 이 부근은 하나같이 비싸잖아. 가끔씩만 밖에서 사먹어. 나카지마 것도 싸줄까?"

그런 말을 선뜻 해주어서 나는 다급히 고개를 가로저었다.

"괜찮아. 네 것만 싸는 데도 힘들잖아."

"하나든 둘이든 똑같아."

"응, 그래도 마음만 받을게. 고마워."

그때 엘리베이터가 소리를 내고 열렸다. 안에서 점심을 먹고 돌아오는 사람들이 쏟아져 나왔다. 그녀는 한 손을 가슴 부근에서 작게 흔들었다. 그 동작이 확 와 닿아서 나는 "미즈키" 하고 가려고 하던 그녀를 불러 세웠다. 내린 사람이 힐끗 이쪽을 보았다.

"내일 토요일, 미안해."

"괜찮다니까. 어머니 생신이잖아. 효도하고 와."

엘리베이터에 타고 나서 나는 지금 들은 그녀의 말을 반추했다. 효도를 하는 타입은 아니지만 확실히 나한테는 단

한 명뿐인 어머니고, 사회인이 되고서 처음으로 맞이한 생신이라서 무언가 어머니가 기뻐할 만한 게 하고 싶었다. 설령 그녀의 데이트 신청을 거절하고서라도 말이다.

지하로 내려가자 편의점은 젊은 회사원들로 넘쳐나고 있었다. 무기력한 마음과 정반대로 공복감이 커졌다. 미즈키의 수제 도시락은 어떨까? 분명 참새 도시락처럼 눈곱만 한 밥이 들어 있을 게 뻔했다. 그런 생각을 하면서 칼로리가 낮을 법한 샌드위치를 골라서 계산대의 긴 줄에 나란히 섰다.


11월 29일

오랜만에 방 청소를 했다. 쉬는 날은 거의 놀러 나가니까.

청소기를 돌리고 세탁을 하고 냉장고도 정리했다. 안 먹었던 푸딩이 잔뜩 나왔다.

저녁 무렵부터 신주쿠에 나가봤다. 집에 혼자 있는 건 역시 갑갑하다.

잡지에 실려 있던 코트를 발견해서 입어보았다. A라인이라서 보면 볼수록 예뻤다. 7호는 이제 마지막 한 벌 남았다고 해서 예산을 좀 넘어섰지만 카드로 사버렸다.

모레는 이미 12월이다. 시간 참 빠르다.

어릴 적에는 겨울을 제일 좋아했다. 크리스마스가 있고 정월이 있고 밸런타인데이가 있고 화이트데이가 있어서.

남자도 그런 걸 즐겁다고 생각할까?

아니, 남자들은 대부분 마마보이지.


뭐든 맛있는 걸 사드릴 테니 사양하지 말라고 했는데 엄마는 "고로초밥집에 가고 싶네"라고 고집을 부렸다. 분명 이제 막 사회인이 된 아들을 배려해서 하는 말이라고 생각했지만, 고로초밥집에서 이른 저녁 시간부터 초밥을 집어 먹으며, 단골손님이나 학교에서 돌아온 요리사 자녀들과 농담을 주고받는 엄마는 진심으로 즐거운 듯했다. 사양하려고 한 게 전혀 아니라는 사실을 그 웃음소리로 알았다. 어쩌면 새로운 생활에 아직 익숙해지지 않아서일지도 모른다고 그런 기우마저 들 정도였다.

얼추 먹고 나서 일어나기에 벌써 돌아가냐고 말렸지만 엄마는 "이래 보여도 신혼이잖아"라고 해서 모두를 웃게 했다. 가게를 나서 차를 마시고 돌아가기로 해서 어슬렁어슬렁 걸어 집까지 왔다. 엄마는 가게 앞에 멈춰 서서 닫힌 셔터를 멍하니 바라보고 나서 현관 쪽으로 돌아왔다.

"엄마, 그쪽에서 무슨 일 있어?"

부엌에서 주전자에 물을 넣으면서 묻자 엄마가 엉덩이를 두드렸다.

"애. 불길한 소리 하지 마."

"아니, 너무 즐거워 보여서."

"그야 매일이 즐겁지. 신혼이니까."

초밥집에서 했던 같은 농담을 했다. 온 얼굴에 핀 미소가 허세도 아니었다. 행복하다면 그걸로 충분하지만.

내가 체격이 좋은 건 엄마를 닮아서다. 옛날에 수영 선수였던 엄마는 키가 크고 다부진 어깨와 등을 가지고 있어서 맥주 케이스를 두세 짝도 거뜬히 들어올린다. 내가 중학교에 올라가는 해에 이혼해서 혼자 주류점을 꾸려왔다.

차를 우려서 가지고 가 엄마와 고타쓰에 들어가 텔레비전을 보았다. 이러고 있으니 이제 엄마가 이 집에 살고 있지 않다는 사실이 기묘하게 느껴졌다. 점포 겸 거주지인 아담한 집에서 영원히 반복될 듯했던 엄마와 나 둘만의 고요한 밤.

"고다 씨, 출장 어디로 갔어?"

"그게 말이지, 뒤셀도르프."

엄마는 또박또박 발음했다.

"뒤셀도르프? 독일이었나?"

"글쎄, 히로시도 언젠가 그런 어딘지 모를 곳으로 출장 가게 되겠네."

노래하듯이 엄마가 말했다. 고다 씨는 내 새 아빠다. 작년에 엄마가 갑자기 재혼을 했다. 30 몇 년 만에 열린 초등학교 동창회에서 두 사람은 재회했고, 서로 이혼 경험이 있어서 마음이 맞아 교제하게 되었다고 한다. 엄마가 한 번 더 결혼할 줄 생각지도 못했지만, 처음으로 고다 씨를 소개받았을 때 남자 옆에서 수줍어하는 엄마를 보고, '아, 엄마도 여자였구나' 하고 재차 실감했다. 고다 씨는 키는 그리 크지 않지만, 커 보이는 사람이었다. 조용하고 성실한 모습으로 이야기하는 사람으로 쑥스러워하며 웃으면 눈가에 부드러운 주름이 생겼다. 슈트를 차려입은 모습이 익숙한 어른과 나는 처음 이야기했을지도 모른다. 친아버지는 못미덥고 가벼운 알코올 중독으로, 상냥할 때도 있었지만 아이처럼 손 쓸 수 없는 사람이었다.

나는 재혼에 찬성했다. 어째서 반대할 수 있겠는가. 엄마는 혼자 고생해서 아들을 길러냈다. 야간대학이기는 하지만 대학교에도 보내주었다. 상대는 반듯한 어른이다. 엄마는 인생의 재출발을 하려는 것이다. 대학은 졸업을 앞두고 있었고 자립해야 할 때가 왔다고 생각했다.

하지만 나는 가업인 주류점을 이을 마음으로 살아와서, 엄마가 재혼을 계기로 주류점을 폐업해도 될까 말을 꺼냈을 때 솔직히 곤혹스러웠다. 분명 매상은 마트나 편의점에 밀려서 해마다 떨어졌고 가게 자체도 노후화되어 이어나간다면 리모델링이 필수였다. 가게에 술을 사러 오는 손님은 지금은 거의 없었고, 근처 음식점이 우리 사정을 이해해 주문해줘서 그 수입으로 간신히 연명해왔다. 엄마가 재혼하고 나도 학생 신분에서 벗어나고서도 계속해서 그 온정에 매달릴 수도 없는 노릇이었다.

적어도 일자리 정도는 구해줘도 될까라고 새아버지가 말했다. 자신이 일하는 그룹 내라면 소개해서 어딘가에 넣어줄 수 있다고 했다. 불안감이 컸지만 나는 그의 제안을 받아들였다. 작은 세계밖에 모르는 나는 꽁무니를 빼지 않고 바깥으로 나가보자 싶었다.

"회사는 어때? 조금 익숙해졌어?"

엄마가 질문해서 나는 머리를 긁적였다.

"힘들지만 나름대로 익숙해졌어."

"그래?"

"괜찮아. 일하는 건 좋아하니까."

"그렇지. 히로시는 숙제보다 배달하러 가는 편을 좋아했지."

나는 웃으며 고개를 끄덕였고, 엄마는 갑자기 진지한 표정을 짓고 이쪽을 들여다보았다.

"안 맞다 싶으면 관둬도 돼. 한동안 가게를 이대로 둘 거니까. 다시 주류점을 해도 되고 여기를 연립으로라도 새로 지으면 히로시한테 월세 수입이 생길 거야. 고다 씨도 그리 말했으니까."

나는 고개를 애매하게 끄덕였다. 엄마가 슬슬 돌아간다고 했기 때문에 지하철역까지 바래다주었다. 엄마와 고다 씨는 세타가야구의 신축 아파트에서 살고 있다. 녹음이 많은 청결한 주택지로 같은 도내라고는 생각할 수 없는 장소다.

역에서 집으로 돌아오는 도중에 청바지 주머니에 넣어놓았던 휴대전화가 진동했다. 미즈키로부터 온 문자의 제목은 "효도했어?"였다. 답신을 하려고 했지만, 말이 잘 떠오르지 않아서 전화를 걸기로 했다. 벨소리가 두 번 울리고 그녀는 전화를 받았다. 집에 있겠구나 싶었지만 전화 건너편에 혼잡한 소리가 희미하게 들렸다.

"지금 전화 받아도 돼? 바깥이야?"

"응, 잠시 편의점이야."

"그렇구나. 난 지금 막 엄마랑 헤어졌어."

"그래? 뭐 먹었어? 어머니가 기뻐해주셨어?"

"초밥 먹었어. 엄마가 좋아하는 가게로 갔더니 기뻐하는 것 같았어."

"다행이네. 나카지마, 내일은 어떻게 할래?"

"아, 어떻게 할까?"

내일 일요일은 특별히 약속을 하지 않아서 아무 생각도 없었다.

"어딘가 가고 싶은 곳 있어? 영화관이라든가?"

"흠."

"그럼 우선 같이 점심이라도 먹으러 갈까?"

약속 장소와 시간을 정하고 푹 쉬라고 서로 말하고서 전화를 끊었다. 그녀의 "흠"이 부정이라는 것을 드디어 최근에 나는 알았다. 그리고 약속을 하지 않아도 휴일에는 반드시 만나야 한다는 게 아무래도 정해진 모양이었다.


12월 2일

좋은 일과 나쁜 일이 있었던 날이다.

예전 직장 동료한테서 크리스마스 파티 초대를 받았다. 이브 밤에 에비스 호텔이라니. 회비도 1만 엔이나 한다고 해서 놀랐지만, 여자가 모자라서 와줬으면 한다고 부탁을 받았다.

아침 텔레비전에 나오는 평론가의 출판기념 파티를 겸해서 어른만 보이는 자리인 모양이다.

클럽 이벤트는 신은 나지만 피곤하니 그렇게 차분한 곳이 좋을지도 모른다.

회사에서 돌아가는 길에 전부터 점찍어 놓았던 에르메스 샌들을 파티용으로 과감하게 질렀다. 어른스러운 빨간 하이힐. 내내 장식해두고 싶을 정도로 예쁘다.

나쁜 일.

우편함에 카드 명세서가 와 있어서 보고 싶지 않았지만 하는 수 없이 열었다. 다음 달부터 리볼빙이 한 달에 2만 엔이 되었다. 리볼빙은 늘 1만 엔 아니었나? 그렇게 많이 질렀나?

더구나 이번 달은 보너스 할부금(보너스가 나오는 다음 달에 할부금을 한꺼번에 내는 제도)이 납부되는 달이다. 보너스는 나오지도 않는데.

나머지 우편은 광고물뿐이었다. 전부 뭉뚱그려 쓰레기통에 넣었다.

"히로시, 너 나 좋아해? 아니면 우습게 보는 거야?"

내 얼굴을 보자마자 고메이는 인상을 찌푸리고 그리 말했다. 옛날부터 입고 있는 야구점퍼를 벗더니 물수건을 가지고 온 직원에게 "생맥주, 하나요"라고 말하고서 좌식 자리에 앉았다.

"메리 크리스마스."

나는 이제 얼마 남지 않은 큰 생맥주잔을 들어올렸다.

"왜 내가 한가하다고 단정 짓는 거야? 더구나 창코나베는 뭐야? 얼마나 더 찔 생각이야?"

"한가했잖아."

"뭐, 그렇지. 할머니랑 케이크를 먹고 있었으니까."

고메이는 상점가 완구점 아들로 나의 유일한 단짝이다. 그림에 그린 듯한 오타쿠이고 입이 거칠지만 그렇게 나쁜 녀석은 아니다. 중고등학교 시절에 주류점을 돕느라 동아리 활동도 할 수 없고 친구도 사귈 수 없었던 나와 유일하게 말을 섞어준 게 고메이였다. 아이돌 콘서트도 메이드카페도 그가 가자고 했다. 하지만 서로의 집에서 시시콜콜한 이야기를 하며 빈둥빈둥 보내는 시간을 나는 좋아했다.

"바닐라 씨는 어떻게 됐어? 역시 차였어?"

'바닐라 씨'는 고메이가 미즈키에게 붙인 별명으로, 사진을 보여주었더니 바로 명명했다. 달달해 보여도 이런 여자는 냉정하다고 말했다.

"급한 일이 생겨서 갑자기 약속이 취소됐어."

"크리스마스에 용건이 있다고? 너 바보 아냐?"

나는 대답을 하지 않고 익은 닭고기 경단을 국자로 떴다. 채소도 덜어서 작은 사발을 고메이에게 내밀었다.

"지금쯤 다른 남자랑 샴페인 잔으로 '당신의 눈동자에 건배' 이러고 있는 거 아냐?"

친구는 껄껄대며 웃었다. 나도 덩달아 조금 웃었다.

"역시 창코나베는 좀 그런가?"

"좀 그렇지."

"왠지 말이야, 역시 내 여자친구는 차가워."

고메이는 냄비 수증기 때문에 안경이 뿌예져 있었다. 나는 책상다리를 하고 앉아서 등을 말고 보글보글 끓는 채소를 응시했다.

"아, 태도 말고. 오히려 말이랑 행동은 다정해. 늘 생글거리고 말이지. 그게 아니라 몸을 건드리면 엄청 차가워. 손이랑 발이 밀랍인형 같아. 그래서 뭔가 따듯한 걸 먹여주고 싶었어."

여름 끝자락에 사귀기 시작해서 약 3개월, 가끔씩만 몸을 만지게 해주지만 미즈키의 몸은 늘 차가웠다. 양말을 신는 걸 본 적이 없다. 그녀의 원룸 아파트 욕조는 거짓말인가 싶을 정도로 작아서 농담이 아니라 내 몸은 무릎을 접어도 들어갈 수 없었다. 미즈키는 늘 샤워만 하기 때문에 개의치 않는다고 했다.

"야근 일은 어때?"

남의 말을 전혀 듣지 않는 얼굴로 그는 불쑥 물었다.

"간신히 해나가고 있어. 그쪽은?"

"코흘리개한테 중고 소프트웨어를 비싸게 강매해서 간신히 먹고 살고 있지."

"크리스마스니까 바쁘지 않아?"

"더 마시자."

"한 잔이면 돼. 난 알코올 중독자의 피를 물려받았으니까."

"나는 마실게. 히로시가 쏘는 거지?"

"특별주문이라서 마지막에 케이크도 나올 거니 힘내서 먹어."

"너나 힘내."

그다지 맞물리지 않는 이야기를 드문드문하면서 우리는

나베 요리를 퍼먹었다. 가게는 송년회 손님으로 떠들썩해서 그녀가 싫어하는 주정뱅이나 담배 연기로 넘쳐나고 있었다. 역시 그녀를 데리고 오지 않는 것이 정답이었다고 나는 생각했다. 배가 터질 것 같았지만 둘 다 마지막 케이크까지 먹었다.


1월 1일

역시 야마가타에 갔어야 했나.

그런데 신칸센 비용도 아깝고 잔소리만 들을 게 뻔하다.

온풍기를 강으로 해도 추워서 견딜 수 없을 테다.

명절 따위 정말 싫다.


1월 3일

언니한테서 전화가 와서 가보았다. 하치오지는 멀다.

린은 말이 부쩍 늘었다. 아기일 때는 귀엽지만 우당탕탕 걷고서 금방 울고 하는 어린애는 시끄럽다.

돈이 없다고 하니 3만 엔을 빌려주었다. 2만 엔을 더 빌려달라고 하니 심기가 불편해져서 이제 돌아가라는 소리를 들었다.

돌아오니 모르는 사람한테서 문자가 와 있었다. 누군가 했더니 크리스마스 파티에서 알게 된 광고회사 사람이었다. 광고회사는 '덴쓰'(일본의 대기업 광고 회사)밖에 모른다. 파티라고 해도 신사복을 입은 아저씨뿐이라서 회장이 쥐색으로 보였다. 그중에서는 눈에 띄었지만 어떨까 싶다.

좀 노는 사람으로 보이긴 했지. 또 한잔하자고 쓰여 있는데 애초에 미혼이긴 할까?


새해가 밝자 미즈키는 더욱 야윈 것 같았다. 정월에는 본가에 돌아가서 느긋하게 쉬다 오겠다고 연락이 왔는데 왠지 지쳐 보였다.

일을 시작하는 날은 신년 인사만 했기 때문에 오후부터 그녀와 메이지 신궁에 가서 새해 첫 참배를 드렸다. 연말에 깜박하고 건네지 못한 크리스마스 선물을 건네자 미즈키는 의외로 기뻐했다. 티파니의 하늘색 상자에서 목걸이를 꺼내 그 자리에서 착용했다. 크리스마스에 가지 못했던 이탈리아 레스토랑에 저녁을 먹으러 가자고 했더니 바로 아쉽다는 듯 "오늘은 친구랑 약속이 있어서"라며 저녁 거리에서 사라져갔다.

회사에서는 5월에 실시되는 심포지엄 준비가 본격적으

로 시작되어 말단인 나도 바빠졌다. 초대 손님 명부나 의사록 등 내부 사람이 아니면 볼 수 없는 파일이 많아서 수정이나 자료 찾기 등의 일을 나 한 사람이 떠안았다. 전체 회의에도 나가 진행 사항을 보고할 의무가 생겨서 정신을 바짝 차려야 했다. 정월에 늘었다 싶은 체중이 정신을 차리고 보니 3킬로그램이나 빠져 있었다.

어느새 미즈키가 주말 데이트에 대해 말을 꺼내지 않게 되었다는 사실을 깨달았다. 나는 매일같이 막차가 끊길 때까지 잔업을 해야 해서, 평일 밤에 그녀와 식사를 할 시간도 없었다. 1월도 막바지가 되었는데 우리는 새해 첫 참배이후 만나지 않았다. 문자나 전화는 가끔 하지만 회사에서는 그녀와 눈조차 마주치지 않았다. 일하는 틈틈이 그녀의 뒷모습을 훔쳐보면 다른 여성들과 평범하게 이야기하거나웃고 있었다. 문자로는 '히로시가 바빠서 외로워'라고 쓰여 있는데 내 쪽을 힐끔 쳐다보지도 않았다. 무관심한 옆모습에 지금 당장 말을 걸어 마음을 추궁하고 싶었지만, 솔직히 말해서 매우 바쁜 하루하루를 탓하며 미즈키를 깊이 생각하기를 피하기도 했다.

어느 날, 오전 중 회의가 끝나자 주임이 "가끔은 밥이라도 같이 먹을까?" 하고 나에게 말을 걸어와서 놀랐다. 그는 아마 이 사무실에서 일을 제일 잘하는 남자일 것이다. 정확한 나이는 모르지만 마흔 전후일까. 경제산업성과의 가교 역할을 하고 있는 모양이고 본부에서 주임에게 상담을 요청해오는 사람도 많다고 한다. 아침에는 누구보다 일찍 오고 여성이 다 나가고 없으면 외선 전화까지 받는다. 무뚝뚝하지는 않지만 불가사의한 위압감이 있어서 나에게 그는 존경도 하지만 두렵기도 한 상사였다. 그런 그가 일부러 점심을 먹자고 말하러 온 것은 무언가 큰 실수를 해서일지도 모른다며 내심 움츠러들었다.

도쿄역을 내려다보는 빌딩의 일식 식당 자리가 예약돼 있었다. 전통요리가 나오나 싶었는데 메뉴판에는 구운 생선이나 고기감자조림 같은 정식이 있었다. 의외라고 생각하며 "여기에 자주 오세요?"라고 물었다.

"혼자일 때 가끔 와. 회의를 겸한 점심 식사가 많거든. 그런 곳에선 양식만 먹으니 먹은 기분이 안 들어. 여기는 편하기도 하고."

"저한테는 진수성찬이에요."

"나도 마찬가지야. 점심은 회사밥이고 밤에는 배달음식이나 연회니까."

자신을 보쿠(남성이 자신을 지칭하는 말로 보쿠와 오레가 있는데,

보쿠는 겸손한 느낌을 줌)라고 말하며 웃는 주임은 회사에 있을 때와 다른 사람인 듯해서 그 미소는 새 아버지를 연상시켰다. 딱히 대수롭지 않게 마주하고서 정식을 먹었다. 일은 익숙해졌냐는 질문을 받고 아직 멀었다고 답했다. 그는 다음 심포지엄 테마와 야금 연구 개요에 대해 알기 쉽게 설명해 주었다. 파고들 듯이 듣고 있으니 주임의 시선이 문득 손목시계에 떨어졌다. 웃옷에서 휴대전화를 꺼내 열어보자 벌써 1시 반이 된 차였다.

"나카지마는 손목시계는 안 차?"

갑작스러운 질문에 나는 멍해졌다.

"아, 네. 슈트에 어울리는 시계가 없어서요. 스포츠시계는 좀 그래서요."

"그렇구나. 그래도 휴대전화로 시간 보는 건 좀 어떤가 싶네. 조금 전에 회의실에서도 봤었잖아. 요즘 사람들은 그게 당연하겠지만 조금 산만해 보이기도 해."

지적받고 나는 간담이 서늘해졌다. 생각지 못했다. 그러고 보면 미숙한 행동이었을지도 모른다.

"오늘 돌아가는 길에 사겠습니다."

"그래. 무리해서 비싼 걸 살 필요는 없어."

주임은 계산서를 들고 일어났다. 그걸 말하기 위해 일부러 나한테 점심을 먹자고 했나. 잠시 자리에 불러다 주의를 줘도 될 텐데 시간을 쪼개준 걸까.

"자네는 뭔가 알아차린 거 없어?"

엘리베이터가 오기를 기다리면서 주임이 내 얼굴을 보았다.

"저기, 무슨 뜻인가요?"

"우리 회사에서 일하면서 이런 게 이상하다 싶었던 거 없어? 바깥에서 들어온 사람한테는 묻도록 하고 있어. 의외로 모르고 있던 게 있으니까."

엘리베이터로 지상으로 내려와 차가운 빌딩 바람이 부는 포장도로로 나갔다. 주임의 얼굴이 업무용으로 돌아오고 있었다. 초조한 마음을 억누르지 못하고 "저기" 하고 나는 목소리를 냈다.

"파견직분들 말인데요."

그는 돌아서 나를 보았다.

"되도록 이름으로 부르는 편이 좋지 않을까요? 저기, 라든가, 거기 있으신 분, 같은 호칭은 너무하지 않은가 싶었어요."

1월 22일

최악이다. 막차가 끊어지는 시간까지 막고서 보내주지 않는 건 뭐지? 더구나 밀어젖히기까지 하다니. 취해서 다리가 비틀거렸다고 했지만 분명 일부러 그러는 거다. 콘크리트에 무릎을 찧었다. 그 틈에 택시를 타버리다니.

실컷 별장 자랑을 하고서 여자를 내버려두고 가버리다니 믿을 수 없다. 부자일수록 쩨쩨하다더니 진짜였다.

처음으로 인터넷 카페에 왔다. 이상한 냄새도 나고 키보드도 끈적였다. 여성전용 부스라서 그나마 다행일지도 모르지만.

첫차까지 앞으로 3시간 남았다. 이런 곳에서 잘 수 있을 리가 없다.

난방이 틀려 있는데 한기가 든다. 목이 아프다. 또 감기에 걸렸을지도 모른다. 다리도 아프고 정말 최악이다.

회사에 가기 싫다.

집에서 잤더라도 침울하기만 하겠지만 말이다.


며칠 후, 평소처럼 기분 좋게 점심을 먹으러 나간 여상사가 어째서인지 굉장히 심사가 불편한 얼굴로 사무실로 돌아왔다.

원래 감정 기복이 심한 사람이라 나는 그다지 신경 쓰지 않고 편의점 삼각김밥을 오물대며 먹으며 모니터를 향해 있었다. 여상사는 책상 위의 서류를 부스럭대며 옮기면서 갑자기 혼잣말치고는 너무 큰 목소리로 묘한 말을 하기 시작했다.

"졸고 있는 아가씨한테 부탁할 게 있는데 이름이 뭐였더라. 왠지 올해는 이제 계약 갱신이 안 될 것 같으니 외울 필요도 없을 것 같지만."

사무실 공기가 경직되는 걸 알 수 있었다. 감정적으로 무언가 말하는 사람이 거의 없는 사무실이라 그곳에 있던 모두가 어안이 벙벙해했다. 커피머신 앞에서 작게 담소를 나누던 두 여성이 여상사가 아닌 미즈키 쪽을 돌아보았다. 휴식하고 돌아와서 불과 5초 정도 접수처에서 나른한 듯이 엎드려 있던 미즈키가 몸을 천천히 일으켰다. 하지만 등을 돌린 채 돌아보려고 하지 않았다.

나는 마침내 여상사가 비꼬는 뜻을 파악하고 얼굴이 새파래져서 사무실을 둘러보았다. 주임은 어디에도 없었다.

"이거, 누구든지 상관없으니 파쇄기에 돌려줘."

더욱 카랑카랑한 그 목소리에 커피머신 앞에 있던 여성 중 한 사람이 다급히 여상사의 책상으로 달려왔다. 남자들은 서로 눈짓을 하기만 하고, 얽히기를 피하듯이 하던 일을 계속 이어서 하고 있었다.

일어난 나에게 관심을 보이는 사람은 없었다. 여자 직원들은 수다를 멈추고 저마다 책상에서 업무를 시작하거나 전화를 받고 있었다. 해당 여상사마저 이미 컴퓨터를 켜고 무표정하게 키보드를 치고 있었다.

나 때문인가? 내가 괜한 소리를 해서인가?

미즈키의 등만이 부자연스러울 정도로 내내 움직이지 않았다. 이것저것 할 것 없이 거부하고 있는 듯한 뒷모습에 나는 결국 말을 걸 수 없었다.


이튿날은 토요일로 나는 미즈키네 집에 초대를 받았다. 잔업을 마치고 귀가하는 도중에 그녀로부터 문자가 와서 '바쁠 테지만 내일 괜찮다면 우리 집에 저녁 먹으러 올래? 월급도 탔으니 좋은 고기를 사서 실력을 발휘해볼게'라고 했다. 하트 마크까지 들어간 그 글은 점심에 있었던 일은 전혀 없었던 듯했다. 아니면 그런 비아냥을 듣는 데 익숙해서 내가 너무 큰일이라고 생각하고 있는 걸까. 가는 게 두려운 기분도 들었지만 거절할 이유가 생각나지 않았다.

그녀의 집에 가는 건 세 번째다. 사귀기 시작했을 무렵에 바래다주러 갔다가 차를 대접받았고, 두 번째는 데이트를 하고 돌아가는 길에 들러서 묵었다. 싱글침대에 딱 들러붙어서 잤다. 아니 잠든 건 나뿐이었고 그녀는 제대로 자지 못했다고 했다. 아침에 요거트와 커피를 내주었다. 따라서 그녀가 식사를 차려준다고 말을 꺼낸 것은 처음 있는 일이다.

그녀는 웃는 얼굴로 나를 맞이했다. 흔치 않게 청바지에 스웨터라는 캐주얼한 차림이었지만 완벽한 메이크업과 어울리지 않았다. 집에는 간장과 설탕 냄새가 감돌고 있었는데, "요리라고 해도 스키야키야, 정성이 가득 담긴 요리를 못 해줘서 미안해" 하고 그녀가 혀를 내밀었다.

미즈키는 평소답지 않게 말이 많았고 나는 맞장구를 치거나 의미 없이 웃기만 하며 시간이 지났다. 식사가 끝나자 그녀가 샤워를 하고 오겠다며 욕실로 사라졌다. 이다음은 섹스를 하는구나 하고 어째서인지 남의 일처럼 생각하며 좁은 원룸 안을 둘러보았다. 장난감 같은 밥솥, 위잉위잉 소리를 내는 냉난방기구, 집 절반을 차지하는 싱글침대, 파이프 행거에 걸린 알록달록한 옷과 거울 앞의 화장품더미, 침대 옆에 쌓아올려진 잡지를 한 권 손에 들고 넘겨보았다. 처음에는 대수롭지 않게 생각했던 그 패션잡지를 보는 동안에 나는 기묘한 감각에 휩싸이기 시작했다. 여자의 얼굴이 헤어스타일이 옷 스타일이 전부 비슷해 보였던 것이다. 여러 모델이 나란히 서서 웃고 있는데, 그 미소가 틀로 찍은 것처럼 같아 보였다. 또렷하게 입꼬리를 올린 그 미소는 바로 미즈키의 미소였다.

그렇다. 그녀를 처음부터 모델 같다고 생각했다. 그건 예쁘다는 의미도 있지만, 모형 같다는 뜻이었다. 입에서 나오는 말은 전부 어딘가에서 들은 적 있는 듯한 말이고, 어딘가에서 무엇을 해도 연기를 하듯이 보였다. 하지만 미즈키는 잡지 안의 모델이 아니다. 현실에 살아 있는 여자다. 감정이 없을 리가 없다. 없을 리 없지 않은가.

문을 여는 소리에 돌아보자 목욕가운을 걸친 그녀가 웃는 얼굴로 서 있었다.

"히로시도 샤워해. 이거 목욕수건이야."

이쪽에 한 걸음 다가왔을 때 가운 자락이 벌어져서 무릎 아래가 보였다. 큼직한 반창고 아래에 오싹할 만한 푸른 멍이 있었다.

"아, 난 또 뭐라고, 이거 말이야?"

내 시선을 알아차리고 그녀가 목욕 가운으로 다리를 가렸다.

"계단에서 굴렀어. 새 펌프스가 사이즈가 안 맞았거든."

"괜찮아? 다른 데는 안 다쳤어?"

"그런 건 걱정하지 마. 좀 넘어지기만 한 거니까."

그 광고회사 남자에게 길거리에서 밀쳐졌을 때의 상처가 이건가? 맞거나 차이거나 폭력을 당하지는 않았을까? 정말 괜찮을까? 몸은 괜찮아도 마음은 괜찮지 않지 않을까?

나는 형식적인 미소도 짓지 못하고 의아한 표정을 짓는 미즈키를 뿌리치듯이 욕실로 들어갔다. 알몸이 되어 수도꼭지를 틀었다. 물을 틀어서 머리부터 뒤집어쓰며 눈을 감았다. 가만히 있는 것도 한계에 가깝다고 나는 생각했다. 인터넷에 적힌 그녀의 일기를 나는 처음 무렵부터 읽고 있었다.

첫 데이트는 영화였다. 단일관에서 상영하는 국산 영화를 골랐다. 무난하게 할리우드 영화를 골랐으면 좋았을 테지만 그다지 유명하지 않은 그 영화감독을 옛날부터 나는 좋아해서 첫 연인이 봐주기를 바랐다. 그녀가 무척이나 기뻐해줘서 익숙하지 않은 데이트지만 간신히 성공했다고 생각했다. 집으로 돌아가서 영화 평가를 무심코 인터넷에 검색하다가 우연히 그녀의 일기를 발견하고 말았다. 영화는 지루하고 구질구질했다, 영화관이 오래돼서 화장실에서 이상한 냄새가 났고, 식사도 이자카야 같은 곳에서 해서 기대했다가 손해 봤다고 쓰여 있었다. 그걸 읽었을 때는 설마 하고 생각했지만 그 후의 나날의 일을 읽어가면서 쓰는 사람이 미즈키라고 인정하는 수밖에 없었다.

일기를 거슬러 올라가면서 읽어나갔다. 나를 알기 전의 그녀는 파견사원으로 다양한 회사를 전전했다. 짧은 연애를 반복하고 때로는 정사원이 되기 위해 면접을 보고 유행하는 가방을 사려고 저축을 깨고 마루노우치에서 일하는 게 정해졌을 때는 일보다 복장을 신경 쓰고 있었다.

그녀는 누구나 읽을 수 있는 인터넷상에 심정을 토로했고 누군가가 마음을 이해해주기를 무의식적으로 기대하고 있었다. 하지만 누군가가 읽기를 의식하고 있어서 본심은 애매해지고 태도가 작위적이었다. 그 점이 제일 안쓰러웠다. 분명 나 같은 남자로 이제 만족해야겠다고 생각하고 있다. 잘난 남자는 차가우니까. 부자는 좀스러우니까. 나는 몸집이 크기만 할 뿐인 미련한 남자지만 좋은 회사에 다니고 있고 만약 관둬도 도심에 땅을 가지고 있다. 졸졸 굶을 염려는 없다. 글로 쓰지는 않아도 그 정도는 둔한 나라도 알 수 있다.

그렇게 불안한 걸까. 이렇게 잘나간 전례가 없는 어설픈 남자에게 매달려야 할 정도로 그녀의 눈에 보이는 세계는 깐깐할까. 계약이 갱신되지 않을지도 모른다고 상사에게 바아냥을 듣기만 해도 좋아하지도 않는 남자에게 안기려고 하는 걸까. 스키야키 냄비도 이제 갓 산 것이었다. 마블링이 들어간 소고기와 그 가늘고 차가운 몸으로 장래의 생활비를 확보하려고 할 속셈이었던 건가.

"히로시?" 하고 욕실 바깥에서 그녀가 불렀다. 계속 나오지 않아서 의아하게 생각할 것이다. 나는 서둘러 몸을 닦고 팬티와 티셔츠를 입고 방으로 돌아갔다. 미즈키는 일어나서 내 어깨에 이마를 갖다 댔다. 어린아이 같은 작은 머리가 내 양손으로 누르면 으깨질 듯했다.

"우리 늘 함께인 거지?"

달콤한 음색과 더불어 가느다란 팔이 몸을 휘감아왔다. 일기를 읽고 있다고. 읽지 않더라도 거짓말을 하고 있다는 것 정도는 보통 알 수 있어. 진짜 나이도 알고 있어. 올해 서른이 되잖아. 그래도 나이 따위는 아무래도 상관없어. 네가 신경 쓸 정도로 나는 나이를 개의치 않아. 좋아하지 않는 남자라도 상관없다고 생각할 만큼 몰린 건가. 아니면 정말 나를 좋아하는 건가. 우습게 보는 건가. 넌 남자를 우습게 보는 거겠지.

그리 목구멍까지 말이 나왔지만 할 수 없었다. 어색하게 그녀의 등에 양손을 두르고 끌어안았다.

그녀가 이 좁은 원룸에서 혼자 정월을 보내고 있을 때, 나는 세타가야 아파트에서 부모님과 명절 음식을 먹으면서 새해를 축하하고 있었다. 상점가에 돌아갔더니 친구가 기다리고 있어서 애니메이션을 같이 보러 갔다. 나한테는 일이 있고, 버팀목이 되어주는 가족이 있고, 이어받을 땅이 있고, 부르면 와줄 친구가 있다. 연애 감정과는 다른 애정을 알고 있다. 연애 따위 할 필요도 느끼지 않을 정도로 복 받았다. 그걸 가지고 있지 않은 그녀를 어째서 가지고 있지 않은지 질책할 수 있을까. 진심이 담겨 있지 않은 인생을 어째서 살아가고 있는지 비난할 수 있을까. 이건 연민일까. 내 다정함은 오만일까.

"미즈키."

겨우 쥐어짜낸 마음으로 나는 말했다.

"나는 미즈키를 좋아하는지 어떤지 잘 모르게 됐어."

무슨 소리를 들었는지 이해할 수 없다는 얼굴로 그녀는 나를 올려다보았다. 마스카라로 가장자리가 둘러진 큰 눈을 부릅뜨고 있었다.

"거리랑 시간을 조금 두고 싶어. 미안하지만 오늘은 이제 돌아가도 될까?"

그녀는 나를 계속 가만히 쳐다보았다. 반응이 없었다. 견딜 수 없어 내가 먼저 시선을 돌렸다. 목욕가운의 깃이 일그러져 그녀의 무방비한 가슴의 곡선이 보였다.

울어달라고 나는 강하게 생각하며 고개를 숙였다. 자신의 절망을 알아차리고 자신을 위해서 울어줘. 그녀의 눈화장이 질척하게 지워지는 걸 나는 바랐다. 울지 못하겠다면 너 같은 남자가 뭘 잘난 듯이 구냐고 고함이라도 질러줘. 움직이지 않을 테니 얼마든지 때려달라고 나는 마음속으로 반복했다. 그렇게 해준다면 나는 지금 당장 항복해서 프러포즈를 할 테니까. 거절당하고 거절당해도 몇 번이나 구혼해서 내내 함께 있겠다고 약속할 테니까.

하지만 그녀는 조용히 내 옆에서 떨어지더니 침대 가장자리에 걸터앉아 창문 바깥으로 고개를 돌렸다. 마치 나 따위는 처음부터 없었다는 양, 레이스커튼 너머로 보이는 가로등을 초점이 없는 듯한 눈으로 계속 바라보았다.

나는 옷을 입고 미즈키의 집에서 나갔다. 추위가 뼛속까지 스며드는 밤길을 걸어서 역에 도착했을 무렵 휴대전화가 문자를 받아서 진동했다.

'두고 간 물건은 어떻게 할까'라는 제목만의 문자가 미즈키에게 왔다.

'선물이니 받아줘'라고 답한 후에 그녀의 전화번호도 문자도 전부 그 자리에서 지웠다. 지운 손가락으로 착신이력을 더듬어가다 고메이에게 전화를 걸었다.

"차였나봐."

그리 말한 순간 눈에서 눈물이 주룩주룩 흘러내렸고 나는 예기치 않게 흐느껴 울었다. 내가 울어서 어쩌자는 건가. 하지만 그 집에서 절망을 가지고 나올 수 있었을지도 모른다고 생각하자 조금 괜찮아졌다.

"멍청아, 여자랑 사귀니까 그렇게 되는 거지."

친구는 또 큭큭큭 웃었다.


2월 1일

도쿄에 눈이 쌓였다.

눈이 쌓인 정도로 뉴스거리가 되다니 도쿄는 멍청하다.

작년 부츠만 하는 수 없이 신었다. 땅이 미끌미끌해서 무서웠다.

친구가 사준 전기요. 할머니 댁 담요처럼 무늬가 엄청나지만 다리가 따뜻해지는 건 좋다.

내일은 회사를 땡땡이치고 헬로워크(한국의 '워크넷'과 유사)에
가서 구직활동이나 해볼까.

돌아오는 길에 새 부츠를 역 빌딩에 보러 가야겠다.

# 난 괜찮아

　은행에 돈을 뽑으러 가는 건 월급날 전날로 정해져 있다. 늘 ATM에서 진을 치고 앉은 듯이 이어지는 사람들의 행렬도 오늘은 없다. 고객보다 카운터 건너편에서 부지런히 일하는 은행원 쪽이 명백하게 많을 듯하다. 그 광경을 볼 때마다 나는 섣달 그믐날 신사를 떠올린다. 부모님은 음식점을 경영하고 있고 정월에도 제대로 쉴 수 없어, 어릴 적에 나는 섣달 그믐날 점심, 엄마에게 이끌려 고향 신사에 참배하러 갔다. 텅텅 빈 인적 없는 경내에서 아르바이트생으로 보이는 무녀들이 바쁜 듯 부적이나 잡신을 쫓기 위해 쏘는 화살을 나란히 진열하고 있었다. 참배로에 포장마차도 나와 있지 않고 제비도 팔지 않는 신사는 따분해서 무엇을 위해서 왔는지 의미를 알 수 없었다. 한 해의 시작에 와서 소원을 비는 것보다 연말에 한 해의 감사 인사를 드리러 오는 편이 이익이지 않나 하는 이론도 억지라고밖에 생각되지 않았다. 엄마는 새전을 던져 합장한 후 매년 '시간은 돈이다'라고 판에 박은 듯이 반복해서 말했다.

그 같은 말을 마음속으로 읊조리고 통장이 인쇄되는 기계음을 듣고 있었다. 완전 어른이 된 나는 엄마의 언행을 이해는 하지만, 어릴 적에 느낀 대로 역시 그 말은 어떤 유의 억지를 담고 있다고 본다.

계좌 잔액은 집세나 보험료가 인출되었을 뿐, 먼젓번 달의 월급은 손을 대지 않고 남아 있다. 체크카드는 내가 관리하고 있어서 당연하지만 그런데도 마음이 놓였다. 이번 달 생활비를 전부 인출했다. 괜한 돈을 사용하지 않도록 나는 한 달에 한 번밖에 은행에 찾아오지 않고, 이어서 필요한 이체와 저축계좌로 돈을 입금하는 일도 마쳤다. 환전기로 남편의 용돈 말고 다른 돈을 천 엔짜리로 바꾸었다. 이 작업을 월급날 당일에 했을 때는 오전 내내 걸려서 지칠 대로 지쳤다. 바로 뒤에 늘어선 사람이 혀를 차거나 아기였던 딸아이가 울기 시작해, 줄에서 빠져나와 바깥에서 어르고 나서 다시 제일 뒤에 서야 했던 적도 있었다.

재빨리 용건을 마치고 나자 냉방이 틀어져 있는 은행에 미련을 조금 느꼈다. 9월도 중순이라고 하는데 푹푹 찌는 더위는 수그러들 기세가 없었다. 끝나고 있는데 집념만이 남아 있는 연애처럼 괜히 뜨거웠다. 나는 로비 구석 소파에 앉아 저축용 통장을 펼쳤다. 독신일 때 만든 계좌인데 예전부터 일찍이 저축하고 있던 금액이 찍혀 있었다. 월급에서 제하여 차곡차곡 적금을 든 500만 엔짜리 예금이었다. 그걸 해약한 날의 일을 나는 똑똑히 기억하고 있다. 남편에게 프러포즈를 받은 이튿날이었다. 딸아이가 뱃속에 있었다. 새로운 생활을 시작한다고 투지가 샘솟아서 어떤 고난이든 뛰어넘을 수 있다고 생각했다. 다시 이 통장에 그런 거금이 저축되는 날은 오지 않을지도 모른다. 그런데도 조금씩, 예를 들어 천 엔이라도 나는 매월 저축을 빼놓지 않았다.

에어컨이 주는 쾌적함에 몽롱하게 졸음이 덮쳐왔다. 나는 진창에서 발을 빼려고 하다시피 일어났다. 바깥으로 나가자 금세 가차 없이 늦더위의 열기에 휩싸였다. 모자 안의 머리카락이 푹푹 찌고 등에 땀이 흘러내렸다. 숨이 차지 않도록 나는 의식해서 천천히, 천천히 걸었다. 지연전술, 이라고 남편이 놀린 적이 있다. 그런데도 불볕더위 아래에서 체력을 잃지 않도록 하려면 발바닥 전체를 바닥에 닿게 해서 질질 끌며 걷는 게 좋다고 가르쳐준 사람은 역시 남편이었다. 학창시절에 아시아를 혼자 여행했을 때 저렴한 숙소에서 친해진 히피에게 배웠다고 했다. 그건 둘이서 처음 인도네시아로 여행을 갔을 때였다. 1박 가격이 편도 비행기표보다 비싼 리조트 호텔에서 빈털터리 여행을 그리워하며 그가 말했다. 때마침 지금 내가 가방 안에 몰래 가지고 있는 천 엔짜리 지폐처럼, 루피아 다발을 산더미처럼 가지고 있었다. 인생게임 지폐 같다며 둘이서 웃었다. 남편은 기억하고 있을까.

연립주택으로 돌아가자 집은 고요하고 테이블 위에 시어머니가 적은 메모가 있었다.

'가호랑 분수 공원에 다녀올게. 목욕 수건 빌려갈게.'

분수 공원이라는 것은 말 그대로 커다란 분수가 있는 공원으로 아이를 물놀이를 시키기 위해 이 부근의 젊은 엄마가 모이는 장소다. 시어머니가 나보다 동네 아이엄마들과 친해서 어쩌면 초대받았을지도 모른다. 아이에게 선크림을 발라 줬으려나. 수다에 몰두하느라 아이에게 눈을 떼고 있지 않으려나. 걱정이 되어 한 번 벗은 샌들을 대충 신고서 바깥으로 나갔지만, 바로 위에서 내리쬐는 태양을 올려다보고 천천히 고개를 내저었다. 분명 시어머니가 나보다 몇 배나 더 아이를 다루는 데 익숙할 것이고, 어리다고 해도 나보다 훨씬 야무진 동네 주부들도 있다. 무리해서 갔다가 내가 쓰러지기라도 하면 민폐가 된다.

집으로 돌아와 모자를 벗고 부엌 창문을 열었다. 푹푹 찌는 집에 환기를 시킬 작정이었는데, 옆집의 에어컨 실외기가 웅웅웅 하고 먼지투성이의 뜨거운 열기를 보내서 다급히 닫았다. 이렇게 여기저기에서 여름 동안 에어컨을 틀어놓고 있으면 지구가 온난화되는 것도 당연하다. 누군가가 시원한 시간을 보내면 누군가가 더위에 괴로워하게 된다. 그런 것도 예전에는 생각한 적이 없었다.

냉장고에서 보리차를 꺼내 컵에 따랐다. 발 언저리에 펠트로 만들어진 공이 떨어져 있었고 발톱 끝으로 굴러보았다. 딸이 없는 집은 이상하리만치 텅 비어 있는 듯했지만, 보리차를 들이켰을 무렵에는 그건 해방감으로 변모해서 나를 감쌌다. 아이가 짐은 아니지만 역시 눈이나 귀로 살피며 늘 신경을 써야만 하는 존재가 근처에 있다는 건 자유롭지 않은 일이다.

조용할 동안에 돈을 나누자 싶어 가방에서 천 엔짜리 다발을 꺼냈다. 용도가 쓰인 봉투에 지폐를 세어서 넣었다. 식비 1만 8천 엔, 전기료 4천 엔, 가스비 4천 엔, 수도비 2천 엔, 통신비 5천 엔, 일용품비 1만 5천 엔, 아이용품비 1만 엔, 의료비를 포함한 잡비 3만 엔, 남편 용돈 4만 엔, 그걸 나누고 나자 지폐는 한 장도 없어졌다. 내 용돈은 기본적으로는 없고, 한 달 동안 생활을 꾸려나가다 남은 돈을 자신을 위해 쓰고 있다. 지갑에 들어 있는 현금을 세어보자 천 엔짜리 3장과 잔돈이 조금 있었다.

손 언저리에 있던 휴대전화가 문자가 와서 진동했다. '야근해야 하니 어머니 잘 부탁해'라는 제목으로 남편한테서 온 문자는 본문이 없었다. 남편 문자는 최근에 극단적으로 짧다. 문자 데이터 양이 많으면 그만큼 요금이 드니까 조심해달라고 잡지에서 읽은 지식을 전해서일까.

그건 그렇고 시어머니가 와 있는 날은 반드시라고 해도 좋을 만큼 야근을 한다. 시어머니가 낙담할 얼굴이 떠오르지만 하는 수 없다. 남편이 자신의 어머니와 얼굴을 마주하기 껄끄러워하는 것도 모르는 것도 아니다.

베란다의 세탁물이 하얗게 빛났다. 나는 지갑 내용물을 생각하다 기분이 부드럽게 부풀어 오르는 것을 느꼈다. 3천 엔이나 남다니 오랜만이다. 부지런히 절약한 성과가 있어서 기뻤다. 차를 마시러 갈까, 차는 참고 옷을 살까. 어쨌거나 이번 달도 가족이 다들 건강하게 지내줘서 다행이었다.

올려다본 하늘이 파래서 눈을 자극했다.

　내 애인은 자기 아내에 대해 말할 때 아주 괴로운 얼굴을
한다. 내심 미워하는 것처럼 "엄청나게 쩨쩨해"라든가 "믿
을 수 없을 만큼 잔소리가 심해"라고 토로한다. 처음에는
나를 배려해서 일부러 그렇게 말해준다고 생각했지만, 연
기치고는 진심으로 와 닿아서 조금 등줄기가 서늘해질 때
가 있다.
　그렇게 싫어하는 사람과 같은 지붕 아래에서 사는 사람
의 심정을 나는 모른다. 나는 설령 그게 가족이든 연인이든,
애초에 사람과 함께 살 생각이 없다. 사람과 너무 가까워지
는 게 꺼림칙하다. 싫어하는데 왜 같이 있을까. 싫으면 헤
어지면 되는데. 싫다는 감정을 알 수 없는 곳까지 멀리 떨
어져 있다면, 불쾌할 일도 없이 살 수 있는데. 단순한 궁금
증으로 그런 말을 하자 그는 눈을 가늘게 뜨고 나를 응시했
다. 마치 가여운 사람을 보는 듯한 불쌍히 여기는 눈빛이었
다. 그렇긴 하지, 그래도 아이가 불쌍해. 양육권만 가지고
올 수 있다면 당장이라도 집을 나오고 싶어. 어린아이를 달
래는 듯한 말투로 그는 나에게 말했다. 아이를 가진 부모의
심정을 알 수 있을 리가 없어서 나는 입을 다물었다.

부모를 그다지 좋아하지 않아서 나는 어릴 적부터 얼른 집에서 나가고 싶었다. 나고 자란 땅의 끈끈한 인간관계에서 탈출하고 싶어서 열심히 공부해 학비면제 특기생으로 도쿄의 대학에 들어갔다. 취직을 하자 얼른 출세하기 위해 노력했다. 시답지 않은 상사 밑에서 일하지 않아도 되도록, 가능한 한 많은 월급을 받아 쾌적한 생활을 할 수 있도록 되고 싶어서였다. 커리어를 쌓아 승급시험을 받았다. 밤에는 어학원이나 전문학교에 다녔다. 언젠가 독립해서 사업을 하고 싶었다. 누구에게도 명령받지 않도록 남한테서 보호받지 않아도 되도록. 장래의 근본적인 자유를 획득하기 위해서 눈앞에 있는 자유시간을 일이나 공부로 채우는 데 거리낌 없었다.

그와 알게 된 건 이른바 타업종 교류 파티에서였다. 해외에서 MBA를 따는 게 목표라고 처음에 자기소개로 이야기하자 그가 먼저 말을 걸어왔다. 유학경험이 있어서 상담해도 된다며 건네받은 명함은 대기업 종합 연구소였다. 멋스럽지는 않았지만 고급스런 정장을 입고 깔끔하게 닦은 안경 건너편에 사람 좋은 미소가 자리했다. 차분한 말투와 통통한 손가락에 낀 결혼반지가 내 경계심을 풀어주었다. 친절하게 여러 가지를 가르쳐주어서 감사 문자를 쓰자 이튿날 답이 오고 식사 제안을 받았다.

괜찮을지도 모른다. 나는 개의치 않고 그리 생각했다. 그 무렵 사귀고 있던 남자가 있었지만 갑자기 밤중에 찾아와서는 묵고 가서 난처했다. 결혼한 것도 아닌데 남편인 양 내가 차린 식사에 달다는 둥 맵다는 둥 불평을 부렸다. 그래서 '연상에 기혼자인 친구'는 배울 점도 많고 번거롭지 않아서 괜찮을지도 모른다고 생각했다. 더구나 솔직히 말해서 남자가 먼저 식사를 제안해서 꽤 기뻤다. 나는 얼굴이 예쁜 것도 아니고 여자로서 귀염성이 없다는 것도 알고 있다. 그래서 남성이 건방진 태도로 나와도 하는 수 없다고 생각했다. 연애는 귀찮다. 더 이상 안 해도 괜찮다고까지도 생각했다.

나는 쭉 결혼하지 않겠지. 서른이 되었을 때 그리 멍하니 생각했다. 결혼 따위 하지 않겠다가 아니라, 결혼으로 한 이성에게 휘둘리는 관계를 계속 유지해야 하는 건 도무지 불가능하다고 생각했다. 나는 제멋대로고 나 자신이 쾌적한 게 최우선 사항이었다. 혼자 있는 게 외롭다고 생각한 적도, 혼자라서 불편하다고 느낀 적도 거의 없었다. 타인의 감정 때문에 번거로워지는 게 고통이었다. 그런 의미에서 친구라고 하는 것의 필요성도 나는 그다지 느낀 적이 없었다.

기분 좋게 접하는 친한 사람은 있어도, 그건 깊게 어울리지 않아서 기분 좋게 있을 수 있다는 걸 나는 알고 있다.

그와 처음에 식사를 했을 때 사람과 깊게 어울리지 않고 살아갈 작정이라고 이러한 이야기들을 했다. 결혼은 안 해? 라는 질문을 받아서 이 생각을 이야기한 것이다. 이야기를 중간에 끊지도 농담으로 돌리지도 않고, 내 이야기를 마지막까지 듣더니 그는 "동감이야"라고 미소 지었다. "그런 사고방식을 가진 여자는 처음 만났어"라고 감탄한 투로 말하기도 했다. 나도 사람과는 거리를 두는 편이 잘 어울릴 수 있다고 생각한다고 했다.

왠지 진심으로 들리지 않아서 그럼 왜 결혼을 했냐고 질문하자, 그에게 있어서 결혼은 인생에서 그리 중요한 문제가 아니었고 기혼자가 타인에게 이런저런 소리를 듣지 않을 수 있다는 대답이 돌아왔다. '그렇구나' 하고 이번에는 납득했다. 그럴지도 모른다. 의외로 남자 쪽이 더 계속 독신으로 지내면 남에게 이상하게 여겨질지도 모른다. 더구나, 하고 나는 다른 생각을 하는 걸 알아차렸다. 결혼하지 않는다든가 못한다든가 과잉반응을 해온 나는 실은 결혼에 너무 집착하고 있을지도 모른다고.

서로 이야기를 나누고 있으니 즐거웠고 의견도 맞는 게

많았다. 그래서 연락이 오면 기뻐서 몇 번이나 만났다. 그와 내가 연인 관계가 되는 데 시간은 걸리지 않았다. 나는 그가 기혼이라는 사실을 거의 의식하지 않았다. 질투심도 독점욕도 느끼지 않았다. 이따금 그의 가족이 아프거나 친척이 갑자기 놀러 오거나 해서 데이트가 취소되면, 그는 놀랄 만한 기세로 아내를 나쁘게 말했다. 그래서 오히려 부인이 힘들겠다고, 나는 외부인이라서 다행이라고 생각했다.

"어머, 이거 생지부터 만들었어?"

느지막한 점심에 피자를 구워내니 시어머니의 눈이 휘둥그레졌다.

"맛은 어때요?"

"바깥에서 먹는 것보다 맛있어. 아키호 대단하네. 가게를 차려도 되는 거 아냐?"

"설마요. 전부 있던 걸로 했는걸요. 그런데 피자는 생지만 만들면 나머지는 있는 걸로 이것저것 만들 수 있으니 간단하고 싸게 먹혀요. 양도 꽤 되고요. 배달해서 먹는 피자는 가격이 놀랄 만큼 비싸잖아요."

오븐 기능이 달린 큰 전자레인지가 먼젓번 달 잡지 경품으로 당첨됐다. 여러 경품에 엽서를 보냈지만 이렇게 근사한 게 당첨된 건 처음이었다. 빵도 과자도 구울 수 있어서 가계에 엄청 도움이 돼서 딸도 기뻐했다. 다만 좁은 부엌에 열기가 차서 엄청 더워지는 게 단점이었다. 앞머리 끝자락에서 땀이 뚝 떨어졌다.

"땀이 엄청 나잖니. 냉방을 조금 하는 게 어때? 뺨도 빨개."

얼굴을 들여다보자 나는 눈을 피했다.

"어머니, 더우세요?"

"내가 아니라 네가 힘들어 보여서."

"전 괜찮아요. 고맙습니다."

딸이 기름과 치즈로 끈적해진 손으로 컵을 쥐려고 해서 가로막고 젖은 행주로 닦아주었다. 그 행주로 내 땀도 닦았다. 시어머니는 잠시 가만히 있은 후 격려하는 듯한 투로 말했다.

"아키호, 너는 정말 좋은 아내야."

"설마요."

"나는 내내 일했으니 집안일은 영 못하거든. 남편도 아이한테도 이렇게 맛있고 정성이 들어간 걸 먹인 적이 없었어."

시어머니는 오랜 세월 초등학교 교사로 일해서 정년 때

는 교감이 되어 있었다. 때마침 우리가 결혼한 무렵에 학교를 관둬서 갑자기 한가해져서인지, 손주가 걱정이 되어 견딜 수 없어서인지, 한 달에 두 번 정도 비율로 우리 집에 찾아온다. 고다마(JR동해도신칸센) 첫차를 쌀이나 채소 같은 큰 짐을 가지고 두 시간 반이나 타고, 시즈오카 현의 아담한 마을에서 와서 해가 질 무렵에 돌아간다. 묵고 간 적은 한 번도 없다. 이불은 분명 두 채밖에 없고 만약 있어도 깔 공간이 없지만 말이다. 식료품을 가지고 와주지, 아이를 놀러 데리고 나가주지, 도움 되지 않는 건 아니다. 이유를 알 수 없는 친절. 선의에는 분명 이면이 있다고 생각하게 되는 습관은 꽤 어릴 적에 생겼다. 그게 사라지지 않아서 자신을 괴롭힌다.

"우리 아들은 행복한 사람이네."

"행복한 건 제 쪽이죠. 남편이랑 결혼할 수 있어서 말이에요."

웃음이 솟구쳤다.

"그리고 저 집안일 하는 걸 정말 좋아해요. 바깥에서 일하고 저도 돈을 벌었다면 남편을 조금 더 도울 수 있을지도 모르지만 '가호'를 맡기는 것도 돈이 드니까요."

"그렇지, 어린이집도 돈이 드니까."

"절약하는 데 남편도 엄청 협력해주고 있어서 어떻게든 꾸려가고 있어요."

시어머니는 어째서인지 난처한 얼굴을 하고 있었다. 어째서 이 사람은 우리 집에 올 때마다 이런 얼굴을 하는 걸까. 자신이 아이를 맡기고 일을 해서 나 같은 전업주부는 이해를 하지 못할지도 모른다.

나는 자리에서 일어나 접시를 싱크대로 옮겼다. 들러붙은 치즈를 자투리 천으로 닦고 나서 통에 담갔다. 딸아이가 뒤에서 "아" 하고 큰 소리를 내서 돌아보자 시어머니가 가호를 안아 올리고 있었다. 오전 내도록 물놀이를 하고 와서 피곤할 테다. 칭얼대기 시작한 손주를 시어머니는 익숙한 모습으로 어르고 있었다. 날이 저물기 시작해서 석양이 길어져 거스러미가 일기 시작한 다다미 위를 가로질러갔다.

"저기, 역시 에어컨을 트는 게 낫지 않니?"

어디서 발견했는지 리모컨을 들어서 시어머니가 스위치를 켜려고 하고 있었다. "어라, 켜지지가 않네"라고 중얼거리며 팔을 몇 번이고 에어컨을 향해 휘둘렀다. 나는 아무 말도 하지 않고 설거지를 계속했다. 먼젓번 달, 여름 감기에 걸렸을 때 너무 괴로워서 며칠인가 에어컨을 틀었다. 그랬더니 전기료가 엄청나게 나와서 리모컨 건전지를 뺐다.

이 사람, 이제 안 와도 되는데 말이다. 식료품이라든가 아이를 돌봐주는 건 도움이 되지만 그것과 마찬가지로 신경을 쓰게 된다. 여름 피로가 풀리지 않아 나른하고 눕고 싶었다. 시어머니는 나를 타박하는 말은 전혀 하지 않는다. 하지만 건강하고 밝은 그녀가 그곳에 있기만 해도 나는 비난받는 듯한 기분이 든다. 나는 건강하지도 않고 밝지도 않으니까. 아들의 아내로서 손주의 엄마로서 무언가 궁금해한다는 사실이 피부로 느껴져 숨 막히게 된다.

두 사람의 관계가 처음에 삐걱대기 시작한 것은 언제였을까. 계기라고도 부를 수 없을 만한 사소한 일이 있었다. 하지만 분명 변화는 그때부터였다.

만나고 나서 나와 그는 사소한 말다툼도 없이 안정되게 교제를 계속하고 있었다. 한 주에 한두 번 레스토랑에서 식사를 하고 이따금 우리 집으로 자리를 바꾸어 한잔 더 하고 침대를 공유했다. 아무리 늦어도 그는 돌아갔다. 그게 서운하기는커녕 쾌적했고 흔히 있는 불륜의 고민 같은 것을 느낀 적도 없었다. 클래식 콘서트에 가거나 메밀국수를 먹기 위해 일부러 신칸센을 타고 나가노까지 가기도 했다. 어떤 방편을 그가 사용했는지 모르지만 몇 번인가 여행도 갔다.

하지만 서로 일이 바빠져서 그리 무리해서 만나지는 않았다. 그런데도 불안하지 않았다. 우리는 평온한 교제를 이어나가는 문제없는 연인 사이라고 할 수 있었다.

변화가 일어난 날은 갑자기 찾아온 것처럼 느껴진다. 그날 우리 집에서 저녁을 먹게 되어 나는 얼른 귀가해서 카레를 끓이고 있었다. 문득 락교를 사는 걸 깜박했다는 걸 깨닫고 그에게 문자로 올 때 사오라고 부탁했다. 카레에는 나도 그도 후쿠진즈케 절임이 아니라 락교를 좋아한다.

"231엔이었어."

역 빌딩 절임집 봉투를 건네주면서 그가 그리 말했다. 진지한 얼굴로 그 말을 들어서 나는 다급히 동전을 꺼냈다. 그는 고개를 끄덕이고 받아들었다. 그뿐이라고 하면 그뿐인 일이었다. 하지만 그 일로 인해 분위기가 상당히 깨졌다. 그가 좋아하는 그린카레. 시판되는 가루가 아니라 여러 종류의 향신료와 코코넛밀크를 졸였다. 히나이지도리 닭고기와 호박은 백화점 지하에서 사왔고 파파야 샐러드도 만들었다.

뭘 하는 걸까. 바로 조금 전까지 아무 의문도 없이 부엌에 서 있었는데, 락교 비용을 청구받은 일로 급속도로 눈에 비치는 모든 것의 명도가 떨어져가는 걸 느꼈다. 그런데도 타성에 적어 식사 준비를 했다. 락교는 잘게 썰어서 먹는 게 제일이라고 전에 들어서 꼼꼼하게 썰었고 차갑게 한 와인을 땄다. 마주 앉아서 잔을 맞춰 건배했다. 무엇에 건배인 걸까? 나는 생각했다.

그는 어느새 텔레비전을 켜고 있었고 리모컨으로 바삐 서핑을 하고 있었다. 퀴즈 방송과 드라마를 경유해서 격투기 중계에서 멈추었다. 우리는 대화를 하지 않고 근육이 울끈불끈한 남성들이 땀투성이가 되어 맞붙어 싸우는 모습을 바라보았다. 신이 난 아나운서의 중계가 집에 메마르게 울려 퍼졌다. 나는 이 사람의 어디가 좋아졌을까? 그의 옆얼굴을 들여다보고 생각해내려고 했다. 다정한 면, 예의바른 면, 품성이 좋은 면, 인생을 즐기는 면. 하지만 정말 이 사람은 다정할까? 예의바르고 품성이 좋고 인생을 즐기고 있을까?

그러고 보니 그는 어느새 선물을 사오지 않았다. 레스토랑도 예약하지 않았다. 예약해도 둘 중 하나가 야근이라서 취소하는 날이 많아지고, 예약을 하지 않아도 들어갈 수 있는 캐주얼한 가게에서 식사를 하게 되었다. 하지만 캐주얼하고 맛있는 가게를 기껏 인터넷에서 찾아도 붐비고 있어서 들어가지 못해, 결국 흔한 서양식 이자카야 체인점 같은 곳에 가는 일이 늘었다. 그런 가게는 대체적으로 맛있지 않고 시끄럽고 점원 교육도 제대로 되어 있지 않아 불쾌했다. 그렇다면 뭔가 사와서 우리 집에서 차분히 마시는 편이 낫겠다고 생각했다. 레스토랑에 가지 않게 된 것에 불만이 있는 건 아니다. 빈손으로 와서 화가 난 것도 아니다. 그것은 두 사람의 관계가 소원해져서가 아니라 친밀도가 더 깊어진 증거라고 생각했다. 그렇다, 락교 돈을 청구받기까지는 진심으로 그렇게 생각했다.

사실 그의 인색함을 나는 진즉에 알아차리고 있었지만, 인식하지 않도록 무의식에 뚜껑을 덮어왔다. 최근에는 당연한 듯이 밤에는 우리 집에서 만나게 되었다. 맛있는 생햄이나 킷슈를 사와준 것은 두세 번으로, 적당히 있는 거면 된다고 그가 말을 꺼냈다. 요리를 하기 싫어하지 않아서 만들어보았다. 그로부터 어쩌다 보니 내가 재료를 사서 내가 만들게 되었다.

관계도 길어지면 매너리즘에 빠지거나 소홀해지며 그게 안정되었다는 것이다. 자신에게 그리 타일러서 마음을 속여 왔다. 하지만 사람과 깊이 얽히지 않고 사귀고 싶다고 내가 생각하고 있었던 것은 그런 게 거추장스러워서가 아니었던가. 둔감해져서 예의가 결여된 것을 혐오하지 않았던가.

더구나 달라진 것은 그뿐만 아니라 자신도 마찬가지였다. 언제부터인가 나는 어학원에 가지 않게 되었다. 비싼 돈을 내고 끊은 수강권 기한이 언제였는지 떠오르지 않았다. 인터넷 강의도 오래 듣지 않았고 책도 전혀 읽지 않았다. 그와 만나지 않는 날은 다음번에 그가 오는 날을 대비해서 요리 레시피를 훑어보거나 집을 청소하면서 그냥 시간을 때우게 되었다. 이렇게나 늘어져 있었다니 알아차리지 못했다. 명확했던 목표는 흐려졌고 무엇을 해야 할지 알 수 없어졌다. 연애는 이렇게나 사람을 엉망으로 만드는 건가.

텔레비전 화면이 광고로 바뀌자 그가 가만히 거실을 나갔다. 세면대 문 건너편에서 소변을 보는 소리가 들렸다. 카레 접시를 정리하면서 냉장고에 넣어둔 검은 타피오카를 그릇에 담고 커피메이커를 세팅하는 순서가 떠올랐지만 몸이 움직이지 않았다.

"복도 전구가 나갔어."

화장실에 물 내려가는 소리와 더불어 그의 목소리가 들렸다. 전구가 나갔다는 사실은 오늘 아침에 회사에 가기 전에 알아차렸지만 갈아 끼울 시간이 없었다.

"응, 나중에 갈게."

"사다놓은 거 있으면 내가 해줄게."

그가 몹시 쾌활하게 말했다.

"전구 정도는 내가 갈 수 있으니 괜찮아."

"작으니까 위험해. 그런 건 나한테 맡겨."

싱글벙글대는 그의 얼굴을 나는 구멍이 뚫어질 만큼 지그시 보았다. 그럼 전구가 나갈 때마다 당신을 불러도 될까. 영원히 당신은 전구를 갈러 와줄까. 예순이 되어도 일흔이 되어도. 목까지 올라온 말을 나는 막았다. 그럼 마치 내가 결혼하고 싶다는 것처럼 보이잖아.

나는 혼자 있어도 괜찮고 앞으로도 괜찮다. 그야 혼자 해나가는 수밖에 없다. 남자 손이 근처에 있든 없든, 연애를 하든 하지 않든 살아가야만 한다는 사실에는 변화가 없다. 키가 작아도 전구는 접사다리에 올라가서 스스로 갈 수 있고 무거운 짐도 스스로 들고 걸을 수 있다.

"사람한테 의지하면 습관이 되니까."

허세처럼 보이지 않도록 가능한 한 부드럽게 웃어 보였다. 그를 보지 않도록 하며 접시를 정리했다. 냉장고에서 디저트를 꺼내려고 하다가 등에 기척을 느꼈다. 돌아보니 이미 나는 그의 품에 있었다.

"여기가 내 집 같은 느낌이 들었어. 그런 말을 하게 해서 미안."

뒤덮듯이 그는 나를 끌어안았다. 그 목소리는 취해서 촉촉해져 있었다. 조금 전에 시선 끝자락으로 본 로맨스 드라마의 삽입곡, 거리 모퉁이나 광고에서 집요할 만큼 귀에 바짝 압박해오는 유행하는 가요가 머릿속을 스쳐지나갔다.

어쩜, 이렇게 진부할 수가. 어이없어서 신물이 난다. 그리 느낀 것은 우뇌였는지 좌뇌였는지 모르겠다. 하지만 그리 얕잡아보는 반대편에서 시시한 자극에 신선하게 반응하는 자신을 발견했다. 드라마는 1화를 보고 나면 왠지 모르게 마지막 화까지 봐야지만 직성이 풀린다. 그렇게 나는 이다음의 시시할 터인 연애를 관두지 못하게 되었다.

한밤중에 지나가는 비가 내렸던 모양이다. 비몽사몽하면서 빗방울이 새시를 두드리는 소리를 들은 듯한 느낌이 들었다. 잠에서 깨자 옆 이불에 남편은 없었다. 자명종이 8시를 가리키고 있는 걸 보니 이미 출근한 걸까. 어젯밤에는 딸에게 밥을 먹이는 것도 벅차서 졸도하듯이 잠들고 말았다. 남편이 퇴근한 것조차 알아차리지 못했다. 최근에 그런 일이 많아서 남편과 제대로 이야기를 나누지 못했다. 베개 맡에서는 딸이 얌전하게 소리 없이 텔레비전을 보고 있었다. 비가 온 기억은 맞았는지 의자 등받이에 걸어놓은 남편의 슬랙스 자락에 진흙이 튀어 있었다. 세탁소에 맡길 만큼 심하지 않아서 안심했다. 테이블 위에는 빵 부스러기가 올라간 접시가 있고 그 아래에 메모가 있었다.

'오늘은 빨리 올게. 피곤해하는 것 같으니 저녁은 적당히 차려도 돼.'

반듯한 메모가 시어머니를 쏙 빼닮아서 역시 모자지간이구나 싶었다.

"아빠랑 아침 먹었어?"

작은 등에다 대고 물었더니 딸이 "미키빵"이라고 즐겁게 말했다. 미키마우스 형태로 구운 자국이 생기는 토스트기는 벼룩시장에서 저렴하게 샀다. 요리가 서툰 남편도 간단하게 만들 수 있어서 내가 자고 있으면 자주 딸에게 만들어준다. 숙면을 취한 덕분인지 오늘은 몸이 꽤 가뿐했다. 창문에서 들어오는 바람도 상쾌했다. 드디어 여름이 끝났다.

세탁과 청소를 마치자 나는 가지고 있던 옷 중에서 제일 새것을 몸에 걸쳤다. 어제 시어머니가 돌아가는 길에, 받은 거긴 하지만 괜찮다면 사용하라고 맥주 쿠폰을 세 장 줬다. 동네 상품권 가게까지 가서 돈으로 바꾸자. 그래서 사시미라도 살까. 최근에는 고기보다 생선 쪽이 비싸서 신선한 생선은 오랫동안 사지 않았다. 장을 보기 전에 스타벅스에 가자. 캐러멜 프라푸치노를 그란데 사이즈로 시켜서 벌컥벌컥 마시자. 한 달에 한 번 부리는 사치에 마음이 춤추었다. 버스에 탈 때 머리를 빨갛게 염색하고 짤랑짤랑 피어싱을 한 남자아이가 유모차를 옮기는 것을 도와주었다. 터미널 역까지 30분이 걸리는데 자리도 양보받았고, 옆에 앉은 어르신이 얼러주어서 딸아이는 기분이 좋았다. 평온한 기분으로 나는 흔들리는 버스에 몸을 실었다.

맥주 쿠폰을 돈으로 바꾸자 2천 엔이 덜 되었다. 현금을 거머쥐자 갑자기 기분이 시무룩해졌다. 역시 사용하지 말고 보관해둘까. 이번 달은 여유가 있지만 다음 달은 또 모른다. 망설이며 스타벅스로 들어갔다. 점심 전이라서 가게 안은 그리 붐비지 않았지만, 노트나 사전을 펼쳐서 공부하는 사람이 드문드문 보였다. 딸아이가 소리를 내며 웃자 긴 다리를 꼬고 수다를 떨던 세 여자아이 무리가 이쪽을 힐끗 보았다. 분명 아이 목소리가 거슬리는 것이다. 당신들은 패밀리레스토랑에서 음료 무제한이라도 시켜서 마시라고 생각하는 것이다.

벌컥벌컥 마시자고 늘 생각하는데 나는 절대로 그렇게 마시지 못해서 빨대로 찔끔찔끔 달콤한 액체를 홀짝였다.

딸아이는 오렌지주스를 눈 깜짝할 사이에 마셨다. 오늘은 얼마나 이곳에 있을 수 있을까. 딸아이가 질려서 소란을 떨기 시작하면 가게를 나가야 한다. 적어도 15분, 아니 10분이라도 좋으니 얌전하게 있어주지 않으려나. 벤치 자리에 나란히 앉아서 딸아이의 머리카락을 쓰다듬어주고 있으니, 그게 기분이 좋았는지 눈을 가늘게 뜨고 문득 정신을 잃듯이 잠들어버렸다. 무릎에 묵직한 무게감을 느꼈다. 마침내 커졌다.

딸아이는 두 살이 되었다. 발육이 늦어서 평균보다 무척이나 작다. 걷기 시작한 것도 늦었고 말수도 적다. 의사는 걱정하지 말라고 해주었지만 공원에서 젊은 엄마들에게 지적받으면 양육법이 틀렸다고 비난받는 듯해서 불안해진다. 비교 대상이 없으면 이렇게 열등감을 느끼지 않고 아이가 사랑스럽다고 생각될 텐데.

테이블에 팔꿈치를 괴고 바깥을 바라보았다. 큰 유리창 건너편에는 역시 통유리로 된 임대 빌딩이 있었고 가로수 그림자가 선명하게 흔들리고 있었다. 근처에 미용 전문학교가 있어서 이 부근은 세련된 여자아이가 많이 걸어 다닌다. 그녀들을 바라보고 있으면 유행을 알 수 있다. 여전히 여름 날씨인데 이미 부츠를 신고 있는 아이가 있었다. 아무래도 컨트리풍 신발이 유행하고 있는 모양이다. 벼룩시장에서 비슷한 걸 찾아볼까.

점점 몸이 가뿐해져서 시간이 느려진 것 같았다. 그런 부츠를 사도 맞춰 입을 옷도 없고 신고 갈 곳도 없다. 매일 일하러 나가고 무언가를 배우거나 데이트를 했을 적에도 시즌별로 옷을 새로 장만해도 따라잡지 못했는데.

그 무렵 동네는 순수한 물의 풀장 같았다. 지하철이나 택시를 타고 훌쩍 어디든지 갈 수 있었다. 눈물도 폴폴 날릴 정도로 옅었다. 하지만 어느새 나는 바다로 나가 지금은 끈적한 파도에 농락당하고 있다. 오늘처럼 파도가 잔잔한 날도 있으면 폭풍처럼 영문을 알 수 없어지는 날도 있다. 큰 파도에 그대로 몸이 드러나거나 맞기도 한다. 왠지 현실감이 없다. 사회에서 동떨어져 있어서일까. 딸과 단 둘이 외딴 섬에 뚝 떨어져 있는 듯하다. 머리에 열이 나서 핑그르 돌았다. 산소가 부족하다. 숨을 제대로 쉴 수 없다. 여기서 나는 뭘 하는 걸까. 이 작은 아이는 누구의 아이일까. 내가 낳았나? 어느새?

그때 눈앞의 도로에 거대한 트럭이 지나갔다. 순간 그림자 진 유리에 얼이 나간 표정의 여자가 비쳤다. 저렴한 면 티셔츠에 무명천 소재의 꽃무늬 롱스커트. 물론 20대로는 보이지 않고 어쩌면 30대로도 보이지 않을 테다. 불길한 안색의 지친 얼굴을 한 여자.

딸아이를 흔들어 깨워 나는 도망치다시피 가게에서 나왔다. 마트에 들러서 사시미 선반은 보기만 하고 결국 특별세일을 하는 저민 고기를 샀다. 현실감이 없다가 아파트 앞 버스 정류장에서 내리자 리얼한 공포심이 나를 덮쳤다. 진짜로 외딴섬에 있었더라면 그나마 괜찮았을 테다.

약한 지진으로도 붕괴할 것 같은 연립주택. 바깥에서 돌아올 때마다 이런 곳에 살고 있는가 하고 몇 번이나 겁에 질려서 우두커니 서 있었다. 얇디얇은 문이 간신히 길과 자는 장소를 가로막고 있을 뿐 완전히 도로에 살고 있는 느낌이다. 한시라도 빨리 이사하고 싶다. 안전한 거리에 지어진 보안장치가 달린 단독주택. 그러기 위해서 계약금을 모아야 한다. 그러기 위해서는 쓸데없는 돈을 1엔이라도 써서는 안 된다.

적정한 거리를 유지하고 있었을 터인 우리는 어느새 헛디뎌서 빼도 박도 못하게 되었다. 빼도 박도 못하는 게 연애다. 나는 틀렸지만 연애를 했던 것이다. 연애는 어리석은 짓이다.

그때까지 나는 진심으로 두려운 일을 겪은 적이 없다고 본다. 공포라고 하는 게 어떻게 세포에 침투해서 어떻게 사람을 잠식시키는지 잘 몰랐다. 타인보다 공부를 많이 하거나 좋은 회사에 들어가서 출세 코스를 타도록 노력했던 것은 자신의 소심함을 어딘가로 파악하고 있어서일 테다. 그래서 예방선을 잔뜩 쳐놓고 조심하고 신중하게 살아왔다.

전구 하나로 나는 발을 헛디뎠다. 비유가 아니라 접사다리에서 미끄러져 떨어진 것이다. 예의 전구를 결국 그는 갈아 끼워주지 않았다. 부엌 바닥에서 우리는 평소와 다르게 격렬하게 성관계를 가졌지만 그는 막차에 늦지 않도록 다급히 돌아갔다.

이튿날도 그 또한 이튿날도 그가 찾아오지 않아서 복도는 여전히 어두웠다. 토요일도 일요일도 나는 불이 나간 전구를 올려다보며 지냈다. 주중에 '할 말이 있어'라고 그에게 문자를 보내자 '한동안 바쁘니 이쪽에서 연락할게'라는 답장이 왔다. 나는 한 달 내내 불이 나간 전구 밑에서 생활했지만, 어느 일요일 저녁 무렵 마침내 접사다리를 꺼내 와서 그것에 올라탔다. 음식을 제대로 먹지 않았을 텐데 체해서 불쾌했다. 기대라는 익숙지 않은 것을 집어삼킨 탓일까. 그렇게 정신이 산만한 채 전구에 손을 뻗었다가 발뒤꿈치가 미끄러졌다. 깜짝 놀랄 만큼 요란한 소리와 더불어 나는 바닥에 세게 박았다.

격통으로 잠시 숨을 쉴 수 없었다. 통증에서 달아날 수 있는 방법을 몰라서 주먹을 치켜들어서 바닥을 정신없이 쳤다. 어디가 아픈지조차 잘 알 수 없어서 끙끙거렸다.

언제부터 울리고 있었는지 현관 벨소리가 들렸다. 통증이 겨우 조금 가시고 나서 허리를 세게 박았다는 사실을 알아차렸다. 벨소리는 계속 울렸다. 그일지도 모른다는 생각이 갑자기 났다. 서둘러 일어나자 발도 삐었는지 통증이 가로질렀다. 비틀거리면서 현관을 열자 낯선 남자가 우두커니 서 있었다.

"시끄럽거든?! 지금 장난해?!"

상대가 갑자기 고함을 질러서 흠칫했다. 문을 완전히 막을 수 있을 듯한 거구의 남자였다. 수염이 아무렇게나 자란 얼굴이 심상치 않을 만큼 붉었다. 온몸에서 시큼한 냄새를 발산했고 트레이닝복의 어깨에 이인가 싶을 만큼 비듬이 쌓여 있었다.

"야! 나한테 당해볼래?"

남자의 침이 얼굴에 닿아 반사적으로 문을 닫았다. 필사적으로 문을 잠그고 체인을 걸었다. 그러자 남자가 바깥에서 문을 심하게 두드렸다. 나는 양손으로 귀를 틀어막고 그 자리에 주저앉았다.

고함을 지른 사람이 바로 아래층 주민이라는 사실을 바로 알았다. 이상하리만치 살이 찌고 늘 같은 트레이닝복을 입고 있어서 껄끄러운 사람이라고 생각했다. 남자가 문을 실컷 치고 난 후 직성이 풀렸나 싶었더니 자신의 집 천장을 무언가 봉 같은 것으로 찔렀다. 바닥이 밑에서 인정사정없이 쿵쾅거렸다.

심호흡을 하고 자신에게 진정하라고 타일렀다. 남자는 지금 머리에 피가 솟구친 듯하지만 이윽고 지쳐서 관둘 테다. 하지만 한 시간이 지나도 두 시간이 지나도 집요하게 찔러대는 소리가 멈추지 않았다. 허리 통증도 낫기는커녕 갈수록 심해졌다. 구급차를 부르는 편이 좋을까. 그것보다 경찰에 아래층 남자를 신고하는 편이 나을까. 하지만 원한을 살지도 모른다고 생각하자 두려웠다.

나는 그에게 '구해줘'라고 문자를 보냈다. 답이 좀처럼 오지 않아서 몇 번이나 보냈다. 지금까지 그의 휴대전화에 전화를 건 적은 한 번도 없었다. 번호는 알아도(일본에서는 문자를 전화번호가 아니라 메일주소로 보내기 때문에 전화를 걸기 위해서는 따로 번호를 알아야 함) 그가 어떤 상태인지 모르고 부인이 있을 가능성도 버릴 수 없다. 그렇게 생각해서 용건은 전부 문자로 해결했다. 안절부절못하다 나는 그의 번호를 찾아다 발신버튼을 눌렀다. 좀처럼 받지 않았다. 자동응답서비스로 바뀌어서 일단 끊고 다시 걸었다. 몇 번인가 반복하다가 드디어 그가 전화를 받았다.

"여보세요."

데면데면하게 그가 말했다. 목소리에는 곤혹스러운 기색이 담겨 있었다.

"죄송한데 지금 좀 전화를 받기 곤란한 상황이라서 나중에 다시 연락드리겠습니다."

휴일 오후, 교외의 단독주택에서 느긋하게 시간을 보낼 그의 모습이 영상으로 떠올랐다. 집요하게 오는 전화를 업무 관계 사람이라고 말하고서 받고 아내는 요리하던 손을 멈추고 그걸 미심쩍게 보고 있다. 카펫 위에서 아기곰처럼 장난치는 다섯 살배기와 세 살배기 장난꾸러기 사내아이들. 뇌가 팽창해서 파열될 것 같았다.

"지금 안 오면 나 죽어버릴 거야!"

나는 그런 소리를 하는 인간이 아닐 터였다. 말하고서 스스로도 놀랐다. 너무나도 진부해서 한층 더 오싹한 말. "죽어버릴 거야"라고 한 번 더 반복하고 일방적으로 전화를 끊었다.

아래층 남자는 아직 집요하게 천장을 찌르고 있었다. 빨래 행거 같은 건가? 또는 농구공으로 천장을 치고 있는가? 발밑에 진동이 반복되었다.

허리가 쑤시고 아픈 걸 참으면서 나는 옷장에서 구급상자를 꺼냈다. 뒤집어서 내용물을 전부 열었다. 혼자 살기 시작한 열여덟 때부터 병원에 갔을 때마다 처방받은 산더미 같은 약물. 감기약도 치과에서 받은 진통제도 위장약도 있다. 언제 왜 탔는지 모르는 약도 있었다. 남은 약은 딱히 생각 없이 이곳에 넣어두었다. 가장 오래된 것은 10년 이상 전의 것일지도 모른다.

온몸이 증오와 공포로 팽팽해졌다. 손이 떨려서 약을 제대로 꺼내지 못해 나는 몇 번이나 짜증이 나서 신음했다. 그리고 물 없이 탐하듯 연달아 약을 입에 넣었다.


일요일 아침 냉장고가 죽어 있었다. 먼저 알아차린 사람이 남편이라서 다행이었다. 혼자였을 때라면 동요해서 자신이 무슨 짓을 저질렀을지 모른다.

얼마 전부터 냉장이 조금 잘 안 되는 듯한 느낌이 들었는데 한여름에도 전기료를 절약하려고 온도를 약하게 해서 원래 이렇구나 하고 별로 신경 쓰지 않았다. 남편이 아침에 우유를 꺼내려고 하다가 종이팩이 미지근하게 습해진 것을 알아차렸다. 갓 산 800그램짜리 저민 고기도, 대량으로 지어다가 한 끼니씩 랩핑해 놓은 밥도, 고생해서 구운 빵도, 썰어서 소분해놓은 채소도, 전부 다 하나같이 흐물흐물해져 있었다.

멍하니 서 있었다. 지금은 1엔도 허투루 쓰면 안 되는데. 사회에 나가 돈을 벌지 못하는 나는 집에 있으면서 그것을 지켜나가는 수밖에 없는데 그 요새가 하룻밤 만에 무너진 기분이 들었다.

세탁기라면 망가져도 손으로 빨 수 있다. 청소기가 망가지면 빗자루로 쓸면 된다. 하지만 냉장고가 없으면 매일 그날 먹을 몫만 사러 마트까지 가야 한다. 제일 가까운 가게까지 내 걸음으로는 편도 25분이 걸린다. 아이도 있으니 아무리 생각해도 무리일 듯했다.

나도 녹아서 썩은 고기처럼 흐물흐물하게 무너져서 울었다. 알뜰하고 조용히 살고 있는데 아직 노력이 부족한 걸까. 그리 말하고 울었더니 요란을 떤다며 남편이 웃었다.

"왜 웃어!"

비웃음당한 것이 서글퍼서 히스테릭하게 소리를 질렀다.

놀란 딸은 불에 덴 것처럼 울기 시작했다.

"언제까지 그 사람한테 돈을 계속 줘야 하는 거야?!"

남편은 이성을 잃은 나를 보고 말문이 막혀서 응시하고 있었다.

"버젓한 단독에 살면서 한여름에 에어컨을 틀고 쉬는 날에는 외식을 하잖아. 가꾸고 회사에 가고 여름방학에는 애랑 여행도 갈 거잖아. 당신 돈으로!"

우리는 매월 남편의 전 부인에게 아이 양육비와 그들이 사는 집의 대출금으로 합쳐서 25만 엔을 송금한다. 이혼할 때 아이가 성인이 될 때까지 계속 지불하기로 약속했다. 그게 이혼 조건이었다. 전처는 남편과 같은 회사에서 일하고 있어서 이상한 소문이라도 나면 자신이 일하기 힘드니 그에게 회사를 관두라고 압박했다. 그렇게까지 할 필요는 없었겠지만, 결국 남편은 이직했다. 그도 전처와 이제 얼굴을 마주하고 싶지 않았을지도 모른다. 요즘 같은 시대에 월급이 상승하는 이직이 가능할 턱이 없어서, 전처에게 송금하는 돈은 상상하는 이상으로 버거웠다.

그런데도 그가 먼저 결별 이야기를 했고, 나는 새 아내이기에 같은 죄를 짊어져야 한다고 생각하며 견뎌왔다. 하지만 사실 우리가 일방적으로 나쁜 걸까. 전처는 아무 잘못도 없는 좋은 아내였다고 할 수 있을까?

남편이 전처와 그 아이들에게 온화한 얼굴로 대하고, 나한테만 인내를 강요하고 있는 듯한 느낌이 들어서 참을 수 없었다.

그리 하소연하는 나에게 그는 아무 대답도 하지 않았다. 그저 끈기 있게 등을 어루만지면서 내 울음이 그치기를 기다렸다. 쓸모없어진 식품을 처분하고 편의점에서 빵과 햄을 사와서 딸과 나를 위해 토스트를 만들었다. 목이 메서 나는 제대로 먹을 수 없었다.

저녁 무렵 마침내 나는 진정하고, 그가 만들어준 토스트를 다 먹었다. 그는 오른손으로 딸을 안아 올리고 왼손으로 내 손을 끌고서 전자대리점으로 새로운 냉장고를 사러 데리고 가주었다. 남편은 점원이 어처구니가 없어할 정도로 끈질기게 굴어서 아주 저렴한 냉장고를 더욱 할인받아 이튿날 배송 받는 것까지 승낙을 얻어냈다. 5만 9700엔을 나는 독신시절에 만든 카드로 지불했다. 남편의 신용카드는 가지고 있으면 유혹에 이기지 못할 수도 있다며 어느새 스스로 해지했다.

"미안" 하고 돌아가는 길에 그가 읊조렸다. 남편이 잘못한 게 아닌데 말이다.

다정함은 만났던 그때와 다르지 않다. 그는 아무에게나 다정할지도 모른다. 그건 장점이라기보다 인간으로서 결점인 게 틀림없다. 하지만 다정한 걸 탓해도 아무 소용없다.

몽롱하던 의식이 옷이 벗겨져가는 도중에 선명해졌다. 가위 같은 것으로 속옷을 자르는 것을 알아차리고 저항하려고 하니 발을 강하게 붙들렸다. 가차 없이 압박당했다.

천장에 눈이 망가질 듯이 희고 강한 빛이 있었다. 수술복과 마스크를 쓴 남녀가 이쪽을 들여다보고 있었다. 정원에 물을 뿌리는 호스를 닮은, 하지만 그것보다 명백하게 굵은 관이 얼굴로 다가왔다. 공포심이 온몸을 꿰뚫었던 순간 그것이 입에 파고들었다.

비명은 목소리로 나오지 않았다. 이물질이 식도를 에워갔다. 숨을 쉴 수 없었다. 죽을 것 같았다. 관둬. 부탁이니까 관두라고. 용서해줘. 부탁이니 용서해줘. 외치려고 해도 목에는 두꺼운 관이 파고들었다.

관을 빼내자 엄청난 구역질이 치밀어 올라 나는 구토를 했다. 몸속에 악마가 있는 듯했다. 토하고 토해도 편해지지 않았다. 알몸인 채 다시 몇 번이나 손에 붙들렸고 입이 억지로 벌려지고서 관을 난폭하게 물렸다.

그 남자에게 강간당하는 편이 더 편할지도 모르겠다고 머릿속 어딘가로 누군가가 비웃고 있었다. 또한 위 안의 것을 토해내면서 자신이 똥오줌을 지리고 있다는 사실을 알아차렸다. 폭풍 같은 시간은 좀처럼 지나지 않았다. 그냥 죽는 편이 나았다. 죽여줘, 그런 짓을 할 바에는 죽여 달라고 아우성쳤다.

시간이 얼마나 지났는지 모른다. 이윽고 응징에서 풀려나 담요가 덮인 채 아무 생각도 하지 않고 거친 호흡을 반복하고 있으니, 모르는 사이에 그가 창백한 얼굴로 침대 옆에 서 있었다. 도화지처럼 온 얼굴이 하얬다.

죽을 생각은 없었어. 잠들고 싶었을 뿐이야. 그리 말하고 싶었지만 목소리가 나오지 않았다.

얼마 지나지 않아 의사가 와서 냉담한 모습으로 위세척을 한 경위를 설명하기 시작했다. 어조는 차가웠지만 허탈해하는 나와 우두커니 서 있는 그에게 친절하고 공손하게 설명해주었다.

나는 혼수상태로 쓰러져 있다가 발견되었다고 한다. 아래층 남자가 계속해서 소음을 내고 있어, 주민이 이상하게 여겨 경찰에 신고해 남자에게 사정을 듣고 있던 중에 상황이 이상해서 우리 집을 조사하게 되었다. 젊은 의사는 만약 경찰이 당신을 발견하지 않았더라면 어떻게 됐을지 모른다고 했다. 치사량은 아니라도 급성약물중독은 후유증이 남기 쉽다고 했다. 그는 내 휴대전화 발신기록을 더듬어가던 중에 불려온 모양이었다. 아이가 유산되지 않아서 다행이라는 말을 남기고 의사는 병실에서 나갔다.

둘만 남게 되자, 침묵 후 그가 고개를 숙인 채 내 손을 조심스럽게 만졌다.

"아키호, 결혼하자. 내가 가정을 버릴 테니까."

내가 말하게 한 거라는 생각이 들었다. 나는 이 사람에게 죄를 씌운 것이다.

내일 정기예금을 해약해서 그에게 건네자. 위자료로든 뭐로든 사용할 수 있도록. 돈은 다시 일해서 벌면 된다. 나는 게임을 공략한 아이처럼 만족했다.

후후후, 입을 다문 채 웃음이 새어나왔다. 내가 나를 비웃은 것이다.


하지만 나는 두 번 다시 일할 수 없었다. 의사가 진지하게 예언했는데 나는 진심으로 여기지 않았다가 아연실색했다.

후유증은 심폐기능으로 나타났다. 퇴원해서 얼마 동안 요양해도 거친 숨이 낫지 않았다. 5분도 이어서 걷지 못했다. 간도 대미지를 받아 조금만 활동해도 권태감이 덮쳐오고 피부가 이상하게 거무튀튀해졌다. 회사에 갈 체력은 조금도 없어서 결근한 채 나는 퇴사하게 되었다. 아직 4개월도 되지 않았는데 뱃속의 아이가 산 것이 그래서 실은 기뻐할 수 없었다. 그렇다고 해서 낳지 않는다는 선택지를 고를 수도 없어서 몸도 마음도 엉망진창으로 피폐해진 채 산달을 맞이했다. 출산하는 것만으로도 벅차서 아무 생각도 할 수 없었다.

딸아이를 무사히 출산했을 때 그는 엉엉 울며 기뻐해주었다. 아기도 새빨개져서 세차게 울고 있었다.

이제는 눈을 뜨고 있기만 해도 극도의 피로감으로 괴로웠는데, 나는 품에 올려진 젖은 아기의 머리를 쓰다듬었다. 나는 자신만 괜찮으면 그걸로 괜찮은 사람이었지만, 이 아이는 자신보다도 어쩌면 소중할지도 모른다고 멍하니 생각했다.

진부한 생각이다. 연애도 출산도 인간이 자신을 진부한 존재라는 사실을 깨닫게 하기 위해 있는 걸까. 그걸 알게 되기만 해도 다행이라는 생각이 들었다.

엄청나게 쩨쩨하고 믿을 수 없을 만큼 잔소리가 심한 전처의 사진조차 나는 본 적이 없다. 나는 그 낯선 타인이 증오스럽다. 나는 그녀에게도 자신에게도 이기지 못했고, 그 것을 인정하고 싶지 않아서 괴로웠다.

"이건 왜 이러니?"

한가운데가 정확하게 두 동강이 난 티슈갑을 시어머니 가 손에 들고 빤히 응시하고 있었다. 상자뿐만 아니라 내용 물인 티슈도 단두대에 베인 것처럼 되어 있었다. 그 단면을 그녀는 요란하게 눈을 깜박이며 바라보고 있었다.

"그러면 티슈를 절약할 수 있어요. 절반이라도 꽤 쓸 수 있어요. 좀 꺼내긴 힘들어도요."

내가 웃으면서 말해서 시어머니는 어색하게 미소를 지었다.

"이렇게 안 해도 티슈 정도는 얼마든지 가지고 올 수 있 는데."

"시즈오카에서잖아요. 티슈 다섯 개가 들어간 팩을 가지 고 신칸센으로요?"

시어머니는 희한한 것을 보는 듯한 얼굴을 하고 고개를 갸웃거렸다.

"아가, 오늘은 왠지 후련한 표정을 짓고 있네?"

그럴 리가요, 하고 나는 시선을 떨어뜨렸다. 딸아이는 그 녀의 무릎 위에 있어서 나는 저녁 밑준비를 하러 싱크대에

섰다. 지금쯤 모르는 동네에서 남편의 두 아이도 저녁식사
가 완성되기를 기다리고 있을까. 증오스러운 여자는 그들
을 위해서 집에 서둘러 가고 있을까.

　저기 진짜 묵고 가도 되냐며 시어머니는 오늘 몇 번째인
지 알 수 없는 같은 질문을 반복했다.

# 과자 동산

쿠루미의 맨발은 하얗고 보드랍다. 허벅지와 종아리는 살이 찌는지 신경 쓰는 모양이지만, 오히려 딱 적당하게 탄력이 있어서 긴 무릎 아래의 라인에서 이어지는 발목이 잘록해 보여, 본인이 생각하는 것보다 훨씬 남성을 꼬이게 하는 다리를 가지고 있다고 본다.

우리 집의, 몇 번이나 걸친 이사를 견뎌내고 너무나도 애용해서 너덜너덜해진 오래된 소파. 그곳에 파묻히다시피 쿠루미는 앉아 거의 반라에 가까운 차림으로 페디큐어를 바르고 있었다. 손발은 길지만 몸이 뻣뻣한 그녀는 자신의 발톱에 색을 제대로 칠하지 못하고, 혀를 작게 차고서는 몇 번이나 다시 도전하고 있었다. 아세톤 냄새가 코를 쿡 찔렀다. 그걸 보고 있다가 그녀의 미술이나 가정 과목 성적이 심했다는 사실이 떠올랐다. 손재주가 없어서 내 방 미싱에 흥미를 보인 적도 없다. 그런데도 용케 옷가게에서 일하는구나 싶지만, 뭐 젊은 여성용 옷가게 직원은 수선까지 하지 않을지도 모른다.

보다 못해서 "발라줄까?"라고 했더니 이쪽이 놀랄 만큼 얼굴을 빛낸다. 얼굴이 갸름해서 나이보다 어른스러워 보이지만, 얼굴 한가득 미소를 지으면 갑자기 아이 같아진다. 그 표정의 낙차를 나는 옛날부터 좋아했다.

"네일숍 비용도 무시 못 하니까."

"맞아."

소파 끄트머리에 앉은 나에게 누워서 맨발을 내놓고 쿠루미는 말했다.

"그렇다니까, 마이코는 네일숍에 안 가?"

"가본 적 없어."

"가끔은 가봐. 직접 하는 거랑 완성도와 유지되는 정도가 완전 달라. 젤네일은 스스로 못 하잖아. 그런데 나, 그 젤네일은 별로 안 좋아해. 왠지 뻑뻑해 보이지 않아? 손발톱 네일은 얇은 편이 예쁜 것 같아. 그리고 스스로 못 지우는 게 또 좀 그래."

직접 하는 것과 전혀 다르다고 해도 이 아이는 내가 매니
큐어를 하고 있는 모습을 본 적이 있을까.

아니, 쿠루미는 나에게다 대고 하는 말이 아니었다. 그녀
의 입에서 흘러넘치는 말은 대부분 혼잣말에 가깝다. 트위
터와 같은 것이다. 머릿속에 떠오른 것을 그대로 중얼거린
다. 훨씬 전에 그녀가 길에서 딱 마주친 동급생과 이야기하
는 걸 본 적이 있는데, 서로 하고 싶은 말을 하고 있을 뿐 전
혀 대화가 이루어지지 않아서 놀랐다.

젤네일이라는 게 어떤 건지도 모르지만, 나는 최근의 네
일 사정에 대해서 종알종알 떠드는 쿠루미에게 적당히 맞
장구를 치면서, 짙은 검붉은 빛깔의 에나멜을 그녀의 발톱
에 신중하게 발랐다. 엄지발가락 발톱 말고는 어린아이처
럼 작아서 바로 삐져나왔다. 그런데 왜 이런 이상한 색을
일부러 칠하는 걸까. 새끼발가락 발톱에 그 색을 바르니 피
가 섞인 물집처럼 보였다.

그건 그렇고 봄이 되었다고는 하지만 아직 코트를 넣는
것도 주저할 만큼 서늘한 날도 있어, 기껏 발톱에 발라도
신발에 가려져서 아무도 안 볼 텐데 말이다.

"다행이야. 덕분에 내일 샌들을 신을 수 있겠어."

내 생각을 읽은 듯 쿠루미가 말했다.

"아직 4월이야."

"벌써 4월이지. 가게 직원들은 다들 신고 있어. 샘플도 많이 들어와 있고 말이지."

"발목을 차갑게 하면 건강에 나쁘지 않아?"

"젊으니까 괜찮아."

기분을 잡쳤다는 모습으로 그녀는 손 언저리에 있던 리모컨을 집어 들더니 텔레비전 스위치를 켰다. 내 좁은 연립주택치고 지나치게 큰 텔레비전 화면에서 요란한 색과 소리가 흘러넘쳤다. 텔레비전도 소파와 마찬가지로 오래되어서 색의 균형이 좋지 않아 이상하게 깜박거렸다. 지금의 나는 혼자 있을 때 거의 텔레비전을 보지 않아서, 새로 사는 것보다 오히려 버리고 싶어졌다. 버리지 않는 것은 쿠루미가 오기 때문이다. 그녀는 BGM처럼 늘 텔레비전을 켜놓고 있다.

쿠루미는 갑자기 입을 다물고 파고들 듯이 아이돌 그룹이 나오는 예능을 보고 있다. 나는 나대로 그녀의 맨발을 가꾸는 데 정성을 다했다.

처음에 차가웠던 그녀의 발톱 끝이 내 손바닥 온도와 동화되어 열기를 띠었다. 인간의 무게와 온도를 느끼는 것은 오랜만이다. 벌써 몇 년이나 나는 직접적으로 사람의 살결에 닿은 적이 없다. 통근할 때 붐비는 전철에서 그만 모르는 사람과 살이 들러붙는 불쾌한 접촉밖에 하지 않는다. 그리 생각한 순간 최근에 직장에서 자신에게 접근하고 있는 남성의 얼굴이 머릿속을 스쳤다. 나는 그 사람을 만지고 싶은 걸까. 그 사람은 나를 만지고 싶다고 생각하고 있을까.

이상하게 조용하다 싶어서 시선을 그녀의 발톱 끝에서 배로, 그리고 얼굴 쪽으로 더듬어가자 쿠루미는 쿠션에 한쪽 뺨을 대고 가벼운 숨소리를 내며 자고 있었다. 팔로는 옛날부터 우리 집에 있던 오래된 강아지 인형을 끌어안고 있었다. 타월 천으로 만들어진 그것은 내 손으로 만든 것으로, 손때로 너덜너덜해져 있는데 버리지 못하고 내내 소파에 두고 있는 물건이다. 그렇다. 이것도 쿠루미가 자주 베개로 삼거나 의미도 없이 끌어안고 있어서 버리지 못했다.

나는 무방비한 그녀의 자는 얼굴을 바라보았다. 닫힌 부드러운 눈꺼풀과 긴 속눈썹. 날렵한 콧날 아래의 얇은 입술. 평소에 그다지 바로 정면에서 바라볼 수 없어서 나는 그녀의 얼굴을 뚫어져라 관찰했다. 오늘 그녀는 직장이 휴일이라서 민낯 그대로다. 중학생 때 잔뜩 생긴 여드름 흉터를 신경 쓰고 있는 듯하지만, 본인이 신경 쓸 만큼은 눈에 띄지 않는다. 그것보다 피부 탄력과 결이 더 뛰어났다. 화장을 안 하는 편이 예쁜데 손발톱이든 뭐든 안 바르는 편이 옅은 복숭아색이라서 예쁜데 어째서 칙칙한 색을 바르고 싶어 하는 걸까.

갑자기 머리에 피가 끓어오르는 더위를 느끼고 나는 냉난방기구 스위치를 켰다. 어느새 설정 온도가 올라가 있다. 쿠루미가 얇은 옷을 입는 걸 좋아해서 조금이라도 쌀쌀하면 망설임 없이 난방을 강하게 튼다. 추위를 타면 더 껴입으면 좋을 텐데. 여름도 아닌데 맨발에 샌들은 신지 않으면 될 텐데. 나는 그녀가 하는 행동이 일일이 이해가 되지 않는다.

화면 안에서는 지금 제일 인기 있는 아이돌 그룹이 손을 흔들고 있었다. 어떤 애가 좋은지 쿠루미가 나에게 물은 적이 있어서 이름을 아무도 모른다고 했더니 그녀가 놀라워했다. 그럼 이 애로 하라고 제일 수수해 보이는 아이를 그녀는 가리켰다. 그 말을 들으니 그 아이가 좋아진 듯한 느낌이 들어서 기분이 이상했다. 슬슬 그녀를 깨우지 않으면 막차 시간이 된다. 하지만 자고 있는 걸 깨우면 그녀는 대체로 심기가 불편해진다. 이대로 자게 둘까. 하지만 예전에 묵고 가도 된다고 생각해서 안 깨웠더니 "왜 안 깨웠어?" 하고 심하게 비난받았다. 어떻게 해야 하나 망설이고 있으니 문득 쿠루미가 눈을 떴다.

"앗, 잠들었었네. 지금 몇 시야?"

"이제 곧 11시야."

"큰일이네. 가야겠어."

"묵고 가는 게 어때?"

순간 그녀는 생각하는 표정을 지었지만, "내일, 오전 근무야"라고 읊조리고 일어났다. 양팔을 천장으로 뻗고 만화 같은 거침없는 하품을 했다. 캐미솔을 입은 등에서 어깨뼈가 원활하게 움직였다. 나는 앉은 채로 기다란 그녀의 몸을 바라보았다. 나보다 키가 10센티미터가 더 크다. 내내 등 한 가운데까지 길었던 머리를 최근에 보브컷으로 잘라, 목에서 어깨에 걸친 매끈한 커브가 더욱 두드러져 보였다.

다 먹고 그대로 두었던 카레 접시를 들고 그녀는 가볍게 움직여서 싱크대까지 옮겼다.

"그건 됐으니 갈 준비 해."

"이 정도는 내가 해야지. 아직 시간도 있으니까."

달콤하게 쉰 목소리로 쿠루미가 말했다. 기분이 좋을 때 그녀의 목소리 톤은 내려가고 느긋해진다. 높은 텐션으로 마구 쫑알댈 때의 그녀는 웃고 있어도 실은 무척이나 기분이 나쁘기도 하다.

싱크대에서 접시를 간단히 헹구고 지저분하게 흘리면서 먹은 과자 봉지를 휴지통에 넣고 그녀는 벗어놓은 옷을 주워들고 걸쳐나갔다. 가느다란 청바지에 몸에 딱 달라붙는 티셔츠, 밝은 색으로 염색한 머리를 그러 올리고 인조가죽 재킷을 걸쳤다.

"나, 갈게. 페디큐어 고마워. 야채 카레도 맛있었어."

"새삼스럽게 뭘. 다음에는 언제 올래?"

그다지 생각하지 않고 그만 묻고 말아, '지금 한 말은 성가셨겠구나' 하고 후회했다. 마치 연인을 오매불망 기다리는 외로운 여자 같았다.

어둡고 좁은 현관에서 힐을 신던 쿠루미는 천천히 이쪽을 돌아보고 가는 어깨 너머로 내 얼굴을 보았다. 큼직한 눈동자가 빛났다.

"아, 잘 모르겠어. 미안미안. 또 연락할게."

허둥대는 기색으로 웃어도 그녀는 여전히 무표정하게 나를 응시하고 있었다. 폭발하려나. 폭발하려는 전조인가. 나는 몸이 경직되었다.

"마이코."

신발장 위에 놓인 꽃병을 눈가로 포착했다. 저걸 쥐고서 내려치면 어쩌지?

"다시 같이 안 살래?"

"……응?"

"같이 안 살래? 나 역시 혼자 사는 데 안 맞는 것 같아서."

의외의 말을 들어서 대답이 궁했다. 그녀는 신발을 신더니 재킷 주머니에 양손을 넣고 문에 기대다시피 하고서 고개를 숙였다. 머리카락이 옆얼굴을 가리고 있어서 어떤 표정을 짓고 있는지 알 수 없었다.

"좀 더 나은 곳으로 이사 갈까 싶어. 원룸은 역시 갑갑해서."

나는 여전히 말을 고르지 못해 그저 우두커니 서 있었다.

"여기에 굴러들어온다고 하는 거 아니니까 안심해. 6월에는 조금이지만 보너스도 나오고 같이 산다면 서로 좀 더 넓고 좋은 곳에 살 수 있지 않을까? 나 집안일도 할 거고 돈도 절반을 낼 거고 민폐도 안 끼칠 테니까."

"응, 그래도 그건."

"서로 매니큐어를 발라주거나 옷도 바꿔 입고 하면 즐겁지 않을까? 오늘 그런 생각 엄청 했어. 생각해 봐."

그런 말을 남기고 그녀는 문을 열었다. 내 얼굴을 시험하듯이 다시 한 번 빤히 보고 입가를 끌어올려 미소 지었다. 문밖으로 스르륵 사라져갔다.

닫힌 문 앞에서 나는 꽤 오래 그대로 서 있었지만 혼란스러운 기분은 가라앉지 않았다. 느릿느릿 돌아온 방의, 커튼을 닫는 것도 잊은 밤의 창문에, 마트에서 산 저렴한 트레이닝복을 상하로 입은 자신이 비쳤다. 옷을 바꿔 입는다고 했지만 쿠루미가 이 트레이닝복을 입을까.

나는 늘 옛날부터 그녀의 부탁을 거절하는 게 서툴렀다. 이번에도 거절하지 못 하려나? 나는 다시 그녀와 살게 되려나.


지금 돌아가는 전철 안. 오늘은 마이한테 페디큐어를 받았다. 숍에 갈 틈이 없어서 덕분에 살았다. 내일은 새로운 샌들을 신어야지.

마이한테는 늘 도움만 받고 있다. 나를 제일 이해해주는 소중한 사람. 여름에는 같이 살자는 약속을 해버렸다. 여자들끼리 서로 도와가면서 사는 거다.

레즈비언이랑 다르다. 만약 그렇다고 해도 관계없지. 너 따위는 바로 차단해버릴 거니까!

내일은 오전 근무다. 일찍 일어나는 건 괴롭다. 아침에 먹을 용도인, 좋아하지만 사치스러운 생크림 롤케이크. 세븐일레븐에서 사서 가야겠다.


일터인 문화센터에는 몇 년 전부터 영어회화 아침반과 요가 아침반이 개설되어 예상 이상으로 호평을 받고 있다. 필연적으로 직원 누군가가 이른 아침에 출근해야만 하지만, 나는 그 역할을 사서 하는 일이 많았다. 특별히 수당은 나오지 않지만 그만큼 야근을 면제받는 일이 많고 여성 직원들에게 감사받는다. 나한테는 이렇다 할 취미도 없고 복잡한 인간관계도 물론이거니와 연인도 없어서 시간에는 여유가 있다. 요컨대 한가함을 주체하지 못하는 인간이다.

아직 아침 7시인데 정장을 차려입은 남녀가 씩씩하게 접수를 마치고 교실에 들어갔다. 그렇게까지 해서 영어회화나 요가를 배우는 것은 대체 무엇을 위해서일까. 우습게 여기는 게 전혀 아니라 나는 진심으로 감탄하고 있다. 한두 번 만에 오지 않는 사람도 있지만, 한 번도 쉬지 않고 긴 기간 이어서 하는 사람도 많다. 그런 사람은 이른 아침에도 번듯하게 몸치장을 하고 있다. 여성은 빈틈없이 메이크업을 하고 남성은 정성스럽게 면도를 해서 비누 냄새를 풍기고 있다.

몸을 단련하고 능력을 갈고닦아 사회에서 가치 있는 인간으로서 살아간다. 그러기 위해서는 수면시간 등은 얼마든지 할애할 수 있다는 걸까. 그리하여 무엇을 획득해나갈까. 살아 있는 실감일까, 타인으로부터의 찬사일까, 가족과의 풍요로운 생활일까, 또는 향락이라고 할 수 있는 그 모든 것일까.

회원들이 교실로 사라지면 나는 커피를 우려서 자신의 책상에 앉는다. 이 시간에는 문의 전화도 걸려오지 않고 모두가 출근할 때까지 한 시간 남짓 거의 일다운 일이 없어, 누군가가 기념품으로 사온 과자를 입에 넣어 아침 식사를 대신하는 일이 많다. 이 직장은 센터장과 청탁으로 오는 초로의 사무원 말고는 전원 여성으로 늘 누군가가 무언가 과자를 가지고 오기에 나는 이곳에서 일을 시작하고 나서 꽤 통통해지고 말았다.

아니, 쿠루미와 같이 살던 무렵에는 너무 말랐었다. 허기를 느끼고 막상 무언가 먹으려고 하면 목이 메는 느낌이 들어서 고형물을 제대로 삼킬 수 없었다. 신경이 쉴 틈도 없어서 음식물까지 흥미가 가지 않았다. 쿠루미가 나간 그날,

나는 슬프고 괴로워서 오열했는데 한바탕 울고 나자 어쩌
서인지 식욕이 솟구쳐서 새빨간 눈과 코를 한 채 고개를 갸
웃거리면서 근처에 장어를 먹으러 갔다.

쿠루미는 짜증이 나면 손을 쓸 수 없다. 내가 만든 것에
너무 싫어하는 양파가 들어가 있다든가, 내일 입고 갈 블라
우스가 주름투성이라든가, 좋아하는 연예인이 텔레비전에
나올 때 말을 건다든가, 사소한 일로 히스테리를 부렸다. 나
한테 직접 폭력을 휘두르지는 않았지만, 발로 벽을 차거나
근처에 있던 물건을 내던지거나 밀림에 있는 새처럼 의미
불명의 기이한 소리를 냈다.

우리가 같이 살던 말 무렵 쿠루미는 제일 정신적으로 불
안정했다. 엄마를 대신하던 할머니가 갑자기 돌아가셔서
그녀는 혼란스러워했다.

그런데도 쿠루미와 함께한 생활은 나에게 있어서 정말로
무엇과도 바꿀 수 없는 것이었다. 그녀는 미친 듯이 날뛴
후, 마지막에는 울다 지쳐서 내 허리를 부둥켜안고 잠들었
다. 그런 그녀의 머리카락을 쓰다듬고 있으면 그녀에게는
나밖에 없고 나한테도 그녀밖에 없다는 기분이 들었다. 쿠
루미는 무엇이든지 나한테 이야기해주었고 뭐든지 말할 수
있는 사람은 마이코밖에 없다고 입버릇처럼 말했다. 그건

거짓으로는 들리지 않았다.

감정 기복이 심한 그녀와 마주하기에는 상당한 에너지가 필요하지만, 어느새 내 역할 대리를 떠맡을 남성이 나타날 때까지 쿠루미는 나의 것이라고 생각하고 있었다. 그런데 어느 날, 그녀는 나에게서 떠나 세 살 때 만난 게 마지막인, 얼굴도 기억나지 않을 터인 친부와 살겠다고 말했던 것이다. 그때 느낀 절망감은 지금도 나를 상처 입힌다.

그런 쿠루미가 다시 나와 살고 싶어 하고 있다. 하지만 어젯밤, 나를 덮친 것은 기쁨보다도 당혹감이었다. 그녀는 민감해서 분명 내 감정을 순간적으로 파악했을 게 분명하다.

문득 정신을 차리자 커피는 한 모금 마신 채 완전히 식어 있었다. 이제 곧 직원들이 출근한다. 잔을 씻어서 일을 시작할 준비를 하려고 컴퓨터를 켰을 때 옆에 있던 전화가 울리기 시작했다. 대표전화가 아닌 내선전화로 걸려온 걸 보니 아마 직원 중 누군가일 것이다. 그런데도 예의바르게 전화를 받자 "안녕하세요" 하고 남성의 쩌렁쩌렁한 목소리가 들렸다. 누구인지 바로 짐작이 갔지만 나는 알아차리지 못한 척했다.

"에세이 강좌를 하는 이데입니다."

"안녕하세요."

"오늘 오후 강좌, 어쩌면 조금 지각할지도 모르겠어요. 죄송합니다. 지금 모리오카에 있는데 신칸센 열차운행표가 어그러져서요."

"네, 뉴스로 봤어요. 새벽에 도호쿠에 지진이 있었다면서요?"

"맞아요. 큰 지진은 아니었지만 선로 점검으로 열차운행표가 엉망이 됐어요."

그가 어제 모리오카에서 강연을 했다는 걸 나는 알고 있다. 그래서 오늘 아침에 그 부근에서 지진이 일어났다는 것을 뉴스로 보고 조금 걱정이 되었다.

"수강생들을 기다리게 할까요? 천재지변이니 휴강도 가능한데요."

"아니, 괜찮을 거예요. 시간이 아슬아슬할지도 몰라도 일단 연락은 해야 할 것 같아서요. 늦을 것 같다고 판단되면 바로 다시 연락할게요."

"네, 신경 써주셔서 감사합니다."

"이쪽이야말로 감사합니다. 다와라야 씨."

갑자기 이름과 함께 감사 인사를 들어서 나는 당황했다. 모세혈관에 피가 확 퍼지는 느낌이 들었다.

"처음부터 알고 있었어요. 이런 이른 시간에 출근하는 사람은 다와라야 씨밖에 없을 거라고 생각했고요. 아니더라도 목소리로 알 수 있어요."

전화 건너편에서 그가 웃었다.

"감사합니다."

"아뇨, 이쪽이야말로요."

"강의는 어떠셨어요?"

"어라, 강의로 왔다고 말씀드렸나요?"

충동적으로 전화를 끊을 뻔했다. 그의 일정을 외우고 있었다는 것, 그리고 그것을 그에게 말하고만 자신이 기어들어가고 싶을 만큼 창피했다.

"아, 아뇨. 그게 말이죠."

"농담이에요. 놀린 거예요. 모리오카에 간다고 저번 주에 말씀드렸잖아요. 기념품도 안 잊고 샀어요. 괜찮으시다면 오늘 밤에 식사라도 하러 가실래요? 몇 시쯤까지 일하세요?"

소리 없이 웃는 목소리가 들려왔다. 사무실에는 자신밖에 없었지만, 그런데도 재빨리 주변을 둘러보고 인적이 없다는 사실을 확인했다.

"오늘은 6시 반에는 끝나는데요."

"그쪽 강의가 끝나고 저는 회의가 있는데, 신주쿠까지 나와주실 수 있을까요?"

"네, 괜찮아요."

"7시 반쯤에 어디서 만날 약속을 하죠. 휴대전화로 연락해도 괜찮죠? 그럼 기대하고 있겠습니다."

내가 무심코 대답을 하려고 하는 사이에 그는 "잘 부탁해요"라며 전화를 끊어버렸다. 갑자기 정해진 식사 약속에 나는 제대로 적응하지 못하고 천장의 형광등을 아무 의미 없이 올려다보았다.

이데는 올해부터 우리 문화센터에서 에세이 강좌 강사를 맡고 있다. 그는 출판사 근무를 거쳐 칼럼이나 평론을 썼고 한때 와이드쇼 해설을 해서 전국적으로 얼굴이 알려졌다. 아무래도 텔레비전에서의 인상이 강했지만, 실은 텔레비전에는 1년밖에 나오지 않았다고 한다. 단 1년 만에 얼굴과 이름이 전국에 널리 알려지다니 텔레비전이라는 건 대단하다. 텔레비전에는 그 이후 나오지 않아도 각종 잡지에서 그의 얼굴사진을 지금도 많이 볼 수 있다. 문화인으로서는 유명한 부류에 들어가서 그의 강좌는 모집을 하자마자 정원이 채워진다. 우리 문화센터는 대형도 아니고 도심에서 조금 떨어져 있어서 그리 유명한 사람이 오지 않는다.

직장 여성들도 맨 처음에는 활기를 띠었지만 지금은 그

다지 그에게 관심이 없는 듯하다. 실제로 만나보면 이데는 평범한 중년남성으로 키도 작고 머리숱도 적고 배가 나와 있다. 입는 것도 왠지 모르게 촌스러워서 일반인이 텔레비전에 나온 사람에게 기대하는 반짝임이나 오라는 느낄 수 없다.

모두와는 반대로 나는 처음에는 전혀라고 해도 좋을 만큼 그에게 흥미가 없었다. 그뿐만 아니라 나는 옛날부터 사람에게 흥미가 없었다. 이성과도 동성과도 어느 정도 거리를 두면 친하게 지낼 수 있지만, 그 거리를 좁히는 게 서툴러 그래서 한 번 가까워지면 끝까지 가까워져버리는 습관이 있다. 그걸 알아서 타인에게 그다지 파고들지 않도록 염두하고 있었다.

하지만 오랜만에 나는 타인과 거리가 가까워지고 있는 걸 느끼고 있다. 이성이라는 익숙하지 않은 존재가 내 자기장에 들어오려고 한다. 기쁜지 두려운지 나는 자신의 감정을 제대로 파악할 수 없었다. 들뜬 기분인 반면 확실히 나는 그걸 조금 거추장스럽게 여기고 있었다.


오늘은 그리운 사람을 만났다. 같은 중학교에 다녔던 마사토. 본사에 심부름을 갔다가 아오야마는 좀처럼 올 일이 없어 잠시 농땡이를 치며 어슬렁거리고 있었더니 나한테 말을 걸었다. 헌팅인가 싶어서 무시했더니 끈질겨서 유심히 보자 마사토였다. 키가 엄청 커졌고 느낌이 달라져서 전혀 몰랐다.

중3일 때 친구 넷이서 영화를 보러 간 적이 있었다. 그런데 그때 다른 좋아하는 아이가 있었고 마사토에게는 딱히 관심이 없어서 기억이 잘 안 났다. 그래서 잠시 차를 마시면서 그리 말했더니 "난 네가 귀엽다고 생각해서 똑똑히 기억이 나, 역시 엄청 예뻐졌구나" 라고 말했다.

조만간 한잔하러 가자며 연락처를 교환했다. 이건 운명인가? 지금 직장인 매장 사람도 손님도 다들 여자니까. 오랜만에 기분이 좋았다. 아직 조금 쌀쌀했지만 핫팬츠에 샌들을 신어서 다행이었다. 마사토, 내 다리만 보고 있었으니까.

아, 첫 데이트 때 뭘 입고 갈까. 엄청 기대된다.

쿠루미를 보고 있으면 자기애라는 단어가 늘 떠오른다.

자기애를 채우는 게 첫 번째 의무로 살고 있다. 자기애를 채우는 것이 살아가는 것 그 자체라고 말할 수 있는 젊고 예쁜 그녀. 자신이 자신을 사랑하는 것만으로는 전혀 충분하지 않아 누군가에게 사랑받지 않으면 제대로 호흡도 할 수 없는 여린 여자다. 나는 그녀가 가라앉지 않도록 돕는 튜브면 괜찮다고 그리 생각해왔고, 지금도 그런 생각을 하는 건 거짓말이 아니다.

최근에 쿠루미와 만나는 곳은 우리 집일 때가 많아서 바깥에서 만나는 것은 오랜만이었다. 들어줬으면 하는 게 있으니 시부야에서 밥을 먹자고 문자가 와서 다소 귀찮기는 했지만 거절하는 게 더 번거로워서 시부야까지 찾아갔다. 굼뜬 나는 몇 번이나 타인의 어깨를 부딪쳐가며 그녀가 일하는 매장 근처의 개인 찻집까지 갔다.

어차피 기다리겠다 싶어서 안쪽 자리에 앉아 문고본을 펼치려던 차에 쿠루미가 나타났다. 위로 묶은 옅은 갈색 머리와 무대화장 같은 아이메이크업은 몇 번을 봐도 익숙해지지 않아서 흠칫했지만, 장소상 그런 아이가 많이 걸어다녀서인지 돌아보는 사람은 딱히 없었다.

"배고파, 한잔하러 가자."

"그래."

"괜찮은 가게가 있어. 가까우니까 얼른 가자."

그녀는 기분이 몹시 고조되어 있었다. 바깥에서 만나면 늘 이런 느낌이지만, 최근 집 안에서는 나른해하는 쿠루미만 봐서 나는 조금 무서운 생각이 들었다.

중앙 거리를 가벼운 발걸음으로 걷는 그녀를 쫓다시피 따라갔다. 음료권을 들고 있는 호객하는 남자들이 모여드는 것을 즐겁게 가르면서 그녀는 상가빌딩의 아담한 엘리베이터를 탔다. 문이 열리자마자 활기찬 점원의 목소리가 맞이했고 구석자리로 안내받았다. 겉만 세련되었고 날림공사로 그다지 청결하지 않은, 테이블 아래를 뚫어놓은 고타쓰식 자리였다. 패밀리 레스토랑에 있을 법한 크고 반들반들한 메뉴판을 건네받았다. 물수건에서는 화장실 방향제 같은 냄새가 났다. 두 사람 다 맥주를 좋아하지 않아서 달달한 과실주와 안주는 쿠루미가 계속해서 시켰다. 주문을 받으러 온 점원은 쿠루미와 나를 이상하게 번갈아보았다.

음료가 오기 전부터 그녀는 이미 남자 이야기를 시작했다. 중학교 시절의 동창생과 우연히 만나 번호를 교환하고 한잔하러 가서 사귀게 되었다고 얼굴을 붉히면서 말했다.

"뭐? 벌써 사귀기 시작했어?"

"같이 있으면 엄청 편안해. 운명의 사람이 이렇게 가까이에 있었을 줄이야 하는 느낌이랄까."

예감은 들었지만 역시 오늘 불러낸 이유는 새 남자친구 이야기가 하고 싶어서였다. 이제 쿠루미의 연애담은 질렸지만 역시 걱정되어서 귀를 기울였다.

"그 마사토라는 사람은 지금 어디에 살고 있어?"

"음, 아직 본가에 산대."

"일은?"

"오모테산도 레스토랑에서 일한댔어. 주방장 보조인 모양이야. 요리하는 남자는 근사하잖아. 아빠도 요리를 잘하니 나는 남자가 만들어주는 요리를 먹는 운명일지도 몰라."

운명, 운명, 운명. 남자와 자면 쿠루미는 바로 운명이라고 한다. 운명이란 무엇인지 곰곰이 생각해본 적도 없이 말이다. 쿠루미가 말하기로는 운명의 연인이라는 것은, 이 세상에 단 한 사람뿐이고 그 사람과 언젠가 만나게 되는 것도 처음부터 정해져 있다고 한다. 새끼손가락에 묶인 빨간 실 같은 걸 믿다니, 겉보기에는 유행을 쫓는 것 같아도 사고방식은 묘하게 구식인 건 어릴 적 그대로다.

어른은 모두 알고 있다. 인생의 파트너는 이 세상에 단 한 사람이 아니라는 사실을. 월세 아파트처럼 조건만 완화되면 좋아질 수 있는 상대는 얼마든지 존재한다. 문제는 친밀감을 유지하려는 노력이나 상대를 배려하는 상상력이다. 그에 더불어 인연 한 스푼. 그게 쿠루미가 말하는 운명이라고 해도 연인 사이의 관계는 그것만으로는 유지할 수 없다. 더구나 그녀는 그저 자신을 칭찬해주고, 어리광을 부려도 받아주고, 만나고 싶을 때 곁에 있어주고, 만나고 싶지 않을 때는 눈앞에서 사라져주는 편리한 남자를 찾고 있을 뿐이다.

분노가 솟구쳐서 그리 말하고 눈앞의 그녀를 비난하고 싶어졌다. 하지만 나는 머리에 떠오른 말을 전부 달달한 술과 더불어 삼켰다. 그건 이미 과거에 실컷 말해왔다. 그리고 그녀는 들으려고 하지 않았다. 것보다 내가 하는 말이 전혀 이해가 되지 않는 모양이었다.

아무 말도 하지 않는 동안 허탈감에 휩싸인 나는 이윽고 분노보다도 불안한 기분이 커지는 걸 느꼈다. 그 마사토라는 사람이 얼마나 키가 크고 배우 누구를 닮았으며, 둘이서 어떤 근사한 데이트를 했는지, 기쁜 듯이 말하는 쿠루미를 보고 흐뭇한 기분이 들면 얼마나 좋을까.

지금 쿠루미는 참으로 차분하게 일을 꼼꼼히 지속하고 있다. 지각도 결근도 하지 않고 일했고 점장에게도 예쁨을 받아 아르바이트생에서 계약사원으로 승격했다고 한다. 그런데 이때 새 남자를 만나 들떠서 정신을 못 차리는 건 아무리 생각해도 좋은 결과를 낳을 리가 없다.

연인이 생기면 급속도로 가까워져서 불타오르고, 일이 있든 없든 매일 반드시 밀회를 즐기다가, 너무 가까워지는 바람에 다투고 질려서 차이든가, 그녀 쪽이 귀찮게 여기며 도망가려고 끝을 고한다. 쿠루미는 지금까지 그런 패턴을 예외 없이 반복해왔고, 더구나 그럴 때마다 시작부터 끝까지 간격이 짧아졌다.

연애 중, 그녀의 생활은 어김없이 난잡할 것이다. 밤늦게까지 남자를 만나느라 업무 시간에 제대로 일어나지 못할 테다. 필요도 없는 극단적인 다이어트를 하고 데이트를 할 때마다 한 번밖에 안 입는 옷을 마구 사댈 것이다. 휴대전화를 한시도 떼어놓지 않고 그로부터 전화가 오면 어떤 약속이든 모조리 다 어길 테다. 그런 그녀를 또 맞닥뜨려야 하나. 그리고 나는 남자를 만나지 못할 때 불려나가 애인 자랑이나 불평을 들으며 이곳에 마음이 없는 그녀를 상대해야 한다.

"연인이 생겼으면 같이 안 사는 편이 낫지 않아?"

그만 그런 말이 입을 뚫고 나왔다. 쿠루미는 내가 눈앞에 앉아 있다는 사실을 갑자기 알아차린 듯한 얼굴을 했다. 그리고 애쉬블루 컬러렌즈를 한 눈동자가 몹시 밝게 이쪽을 응시했다. 지뢰라도 밟은 듯 등줄기가 서늘해졌다.

"마이코는 남자친구 안 만들어?"

이번에는 내가 쿠루미를 응시했다. "하"하고 나는 짧게 웃었다.

"안 만들어. 아니 안 생기는 거지만."

"만드는 편이 낫지 않아? 마이코한테 나밖에 없다고 생각하면 마음이 무거워. 평생은 못 돌봐주니까. 남자친구가 아니더라도 남사친이라도 괜찮으니 만드는 건 어때?"

벌어진 입이 다물어지지 않았다. 내가 쿠루미를 보살핀 적은 있어도 그녀가 나를 보살핀 적은 없었다. 반론하려고 해도 나는 조금 전과 마찬가지로 입을 다물었다. 분명 나한테는 지금 일상적으로 식사를 하는 사람은 쿠루미밖에 없다. 내가 상당히 어두운 표정을 하니 그녀가 달달한 말투로 덧붙였다.

"딱히 마이코를 귀찮다고 여기는 거 아냐. 같이 살고 싶다는 건 진심이야."

"……응."

"혼자 살면 역시 남자친구가 눌러앉는단 말이야. 그건 처음에는 행복해도 역시 별로 안 좋다고 최근에는 생각하게 됐어. 남자는 금방 타인의 집에 굴러들어와서 한 번 집에 들이면 대부분 집에서 한잔하고 섹스하는 패턴이 돼서 바깥에서 데이트를 해주지 않아. 남자들은 뻔뻔해."

다코야키를 이쑤시개로 쿡쿡 찌르면서 쿠루미는 토로하듯이 말했다. 나는 내심 놀라서 대답하기 곤란해 고개를 갸웃거렸다. 연애 초반에 그녀가 남성 전반을 경멸하는 듯한 그런 발언을 한 적은 지금까지 한 번도 없었다. 천하의 그녀도 지금까지 겪은 실패에서 여러 가지를 배웠다는 건가. 나와 살고 싶다고 한 것은 단순한 변덕이라고 생각했는데, 남자가 기회를 노리지 못하도록 하는 이유가 있었던 건가.

"저기 그러니까 같이 살자."

"나한테 남자친구가 생겨서 동거할 거라고는 생각 안 해?"

"지금 안 만들 거라고 했잖아."

"지금 당장 만들라고 했잖아."

우리는 소리 모아 웃었다. 웃는 얼굴을 한 쿠루미는 역시 무척이나 사랑스럽다. 테이블에는 안주라기보다는 간식 같은 먹거리가 잔뜩 나오고, 마지막으로 두 사람 다 큼직한 아이스크림 디저트를 주문했다.

계산하려고 계산대에 서자 우연인지 일부러인지, 그녀는

휴대전화로 누군가와 활기차게 이야기를 하면서 화장실 쪽
으로 사라졌다. 예상했던 금액보다 훨씬 저렴해서 나는 가
슴을 쓸어내렸다.


그날 신주쿠의 만나기로 한 장소에서 고급스러운 가게에
데리고 가면 어쩌나, 좀 더 번듯한 차림을 하고 올 걸 그랬
나 등등 기대와 불안이 서로 다투는 기분을 끌어안고 서 있
었더니, 나타난 이데는 입을 열자마자 "생굴 드실 수 있어
요?"라고 힘차게 말했다. 신주쿠산초메 거리에 있는 오이
스터바는 좁은 점내에 테이블이 빽빽하게 놓여 있었고 자
리마다 모두 즐겁게 생굴 껍질을 쌓고 있었다.
　허세스럽지 않은 하얀 요리사복을 입은 점원이 오늘 있
는 굴을 설명해주었고 오이스터바에 온 적이 없는 나는 허
둥지둥대면서 이데와 점원이 권한 요리와 화이트와인을 주
문했다.
　남성과 마주보고 식사를 하는 건 정말 오랜만이라서 처
음에 꽤 긴장이 풀리지 않았지만, 서빙 나온 생굴을 차례로
먹고 너무나도 맛있어서 눈이 휘둥그레지는 동안에 어깨에
들어간 힘이 빠졌다. 가게는 편안하며 활기찼고 요리는 가

벼운 스타일인데 놀랄 만큼 맛있었다. 해산물 샐러드나 치즈리조토는 쿠루미와 가는 패밀리레스토랑이나 서양식 이자카야에 있는 것과는 전혀 다른 어른의 맛이었다.

"이런 시기에도 생굴을 먹을 수 있네요?"

"옛날에는 알파벳 R이 붙는 달이 아니면 먹지 말라고 했는데, 이 시기부터는 바위굴도 있고 참굴도 종류에 따라 연중 내내 있어요. 유통도 옛날에 비하면 엄청 발달했으니 신선한 상태로 배달할 수 있고요."

"이런 가게는 처음 왔어요."

"괜찮죠? 전 여름 저녁 무렵에 생굴을 시원한 화이트와인이랑 먹는 걸 좋아해요. 이 가게는 예약을 잡기가 꽤 힘든데 오늘은 운이 좋았어요."

이데는 내가 긴장했다는 걸 알아차리지 못했는지, 아니면 알아차리고 있는데도 모르는 척해주는지 처음부터 내내 쾌활하게 말하고 있었다. 가지고 있던 종이봉투에서 모리오카의 기념품이라며 양배추 하나 크기 정도나 되는 거대한 슈크림을 꺼내 건네주었다. 그리고 강연회에서의 이야기, 최근에 자주 만나는 재미있는 사람에 대한 이야기, 잡지 대담에서 만난 유명인과의 뒷담화 등 마치 나 한 사람을 위해서 토크쇼를 해주는 것 같았다. 나는 그의 이야기에 흠뻑

빠져서 처음에 했던 긴장도 잊고 폭소하고 있었다.

모르는 세계에 대한 흥미진진한 이야기를 듣고, 보통은 먹지 않는 맛있는 음식을 먹고, 밝고 온화한 성인 남성에게 배려를 받으며, 나는 최근의 모습과 달리 편안해하고 있었다. 그리고 세 잔째 와인이 잔에 조금 남았을 무렵, 어느새 쿠루미의 이야기를 시작하고 있었다.

나는 어쩌다 보면 누구에게나 쿠루미의 이야기를 하는 습관이 있어서 "늘 쿠루미 이야기만 하고 다른 데는 흥미가 없어?", "만나본 적도 없는 여자애 이야기를 장황하게 하는 것도 곤란해"라는 소리를 들은 적이 있다. 그래서 되도록 바깥에서 쿠루미의 이야기를 하지 않도록 조심하고 있었지만, 평소에 마시지 않는 낯선 술을 마셔 즐겁고 마음이 누그러들기도 해서 그만 그녀의 이야기를 시작해버렸다.

이데는 내 이야기를 귀여겨듣고 있었던 모양이다. 맞장구를 치거나 작게 웃거나 짧은 질문을 간간히 하면서, 장황하기 그지없는 내 이야기에 끈기 있게 귀 기울여 주었다. 이야기하고 나서 갑자기 왜 지금 이 타이밍에 쿠루미의 이야기를 해버린 걸까 하고 창피해져서 후회하는 마음이 덮쳐왔다.

"그렇군요. 그 여성분과 같이 사는 걸 지금 다와라야 씨는 고민하고 있네요?"

의사 같다고 나는 이데의 얼굴을 보고 생각했다. 귀차니즘이 강한 나는 병원에 가는 걸 좋아하지 않아, 때로 감기가 악화되어 하는 수 없이 병원에 가는데, 그럴 때 의사 선생님은 지금의 이데 같은 얼굴로 이쪽을 들여다본다. 그렇군요, 벌써 2주나 열이 안 내려가는 거네요? 라고 하면서 말이다. 나는 입술을 꽉 깨물고 북받치는 것을 삼켰다.

"망설인다고 할까…… 그런데 거절 못할 거예요."

"왜 거절 못한다고 생각해요?"

"쿠루미가 난처해하는 것 같아서요."

"응, 그렇군요. 그래요, 난처해하는 사람을 돕고 싶은 거군요" 그렇게 혼잣말처럼 읊조리던 그는 접시에 남은 리조토를 입에 넣었다. 이데가 손질한 수염이 움직이는 것을 나는 왠지 신기한 기분으로 바라보았다.

"와인, 한 잔 더 어때요?"

"전 괜찮아요."

"전 한 잔 더 해도 될까요? 당신은 차라도 한잔해요. 커피나 홍차요. 여긴 디저트도 맛있거든요."

기분 좋게 웃으며 그는 말하더니 점원에게 부탁해서 디저트 메뉴판을 가지고 오게 했다. 배려받고 있는 게 기뻤다.

하지만 이 사람은 어째서 나 같은 사람한테 이렇게 다정하게 대해주는 걸까. 나는 즐거운 이야기를 많이 들었지만, 내가 그를 즐겁게 했다고는 생각할 수 없었다. 그리 생각하자 얇디얇은 달 앞을 하얀 구름이 가로질러가는 듯한, 희미한 달빛에 비춰져 보이는 세계가 암흑에 침잠해 가는 듯한 그런 애절한 기분이 들었다.

이데는 디저트를 사양하고 대신, 소금절임 올리브에 레드와인을 마시고 있었다. 나는 티라미수를 먹고 차를 마셨다. 그사이에는 그다지 이야기하지 않았다. 이윽고 계산서가 왔고 이데는 카드로 지불했다. 내 몫을 내겠다고 말을 꺼내고 싶었지만, 이 자리에서 말해도 될지 바깥으로 나가서 말하는 편이 현명할지 망설이며 우물쭈물대는 동안에 그는 일어났다.

바깥으로 나가자 이데는 "또 만날 수 있을까요?"라고 나한테 물었다. 나는 애매하게 고개를 끄덕였다. 인사치례인지 진심인지 알 수 없었다. 나는 센스 있는 말을 아무것도 할 수 없었다. 어째서인지 코가 시큰하고 시야가 번졌다.

"이거 당신한테 줄게요."

지하철 입구에서 그는 문득 생각난 듯이 주머니에서 무언가를 꺼냈다. 받아들자 그것은 미끌미끌한 검은 조약돌이었다. 바둑 돌 정도 되는 크기로 평평하고 조금 일그러진 타원형이었다. 작은 데 비해서는 묵직했다.

"전 이혼 경험이 있어요. 그런데 그때 제일 힘들고 마음이 황폐해져 있을 때 친구가 줬어요. 아일랜드에서는 화가 났을 때 주머니에 넣고 있던 조약돌을 오른쪽에서 왼쪽으로 옮기면 화가 가라앉는다는 전설이 있다고 하더라고요."

"아일랜드요?"

"뭐, 어디든 상관없지만요. 이걸 주머니에 넣고 있다가 울적하거나 자신을 주체하지 못할 때 반대쪽 주머니에 옮기거나 주머니 안에서 그냥 조물거리면 차분한 기분이 들어요. 긴장했을 때도 좋아요. 당신은 기분 전환을 잘 못하는 것 같아서요."

멍하니 있는 동안에 그는 "그럼 또 봐요"라고 말하고 지하 통로를 걸어 가버렸다. 나는 결국 자신이 먹은 몫을 지불하지 못했고, 내게는 오른손에는 거대한 슈크림 봉투, 왼손에는 수수께끼의 조약돌이 남겨져 있었다.


보고 싶어. 보고 싶어. 마사토가 보고 싶어. 문자로 서로 바로 대답을 못하니 답답해. 딱 붙어서 자고 싶어. 마사토. 일이 있다고 하면서 휴일밖에 안 만나줘. 그런 사람이랑 사귀는 건 처음이야. 우리 집에도 별로 안 오고.

그래도 뭐 실제로는 누군가와 함께 자면 푹 못 자니까 다행일지도 몰라. 우선 다음 달부터 휴일 시간표를 마사토가 쉬는 월요일로 받아야겠어.

스무 살이 되었을 때 아빠가 사준 샤넬백, 결국 팔아버렸다. 바닥 쪽에 조금 흠집이 있었지만 10만 엔이더라. 역시 샤넬 님. 다음 데이트를 위해 한정품인 그 부츠를 살까 싶네.

트위터 시시해. 아무도 아무 말도 안 해주고 아무도 안 도와주잖아. 외로워, 쭉 외로우려나. 나는 분명 평생 외톨이일 거야.

결혼? 결혼해서 행복해진 사람은 한 명도 못 봤어. 당신 누구야. 아무것도 모르는 주제에.

심야, 나는 혼자 집에서 컴퓨터를 마주하고 있다. 이것저것 생각하다가 잠이 오지 않아서 일어나 잠옷 차림으로 모니터 화면만이 희미하게 손 언저리를 비추는 와중에 키보드를 두드렸다.

부동산 사이트에서 나는 도쿄의 월세 건물을 검색했다. 직장이 있는 역에서 전철로 30분 이내, 월세 14만 엔 이하, 방 하나에 거실과 식당 부엌이 딸려 있거나 방 두 개에 식당과 부엌이 딸려 있고 역까지 걸어서 10분 이내, 두 사람이 입주 가능하다는 조건을 넣자 전부 다 볼 수 없을 만큼 수많은 집이 표시되었지만 나는 마우스를 움직이던 손을 멈추었다.

정말로 쿠루미가 월세를 절반 내준다면 이 집들에 살 수 없는 것도 아니다. 하지만 결국 내가 이것저것 할 것 없이 부담하게 될 가능성이 높다. 지금의 내가 14만 엔의 월세에다가 수도비와 광열비 등의 경비를 계속 지불할 수 있을까. 이사하게 되면 보증금도 들고 이것저것 자질구레한 지출도 더해질 테다. 저축한 돈이 전혀 없는 건 아니지만, 그건 아플 때나 다쳤을 때와 같은 그런 예기치 못한 사태를 위한 대비책이라서 손을 댈 수 없다.

월세는 매월 실수령액 3분의 1 이하로 줄이지 않으면, 가계가 파탄난다고 어딘가에서 읽은 적이 있다. 그렇게 되면 내가 낼 수 있는 금액은 8만 엔까지다. 그 집세로 다시 검색

하자 꽤 교외이거나 더 좁은 집이거나 꽤 허름한 건물이 나
왔다. 시부야에서 일하는 쿠루미가 전철로 1시간 이상 걸리
는 장소에서 출퇴근할 수 있을까. 체력적인 문제가 아니라
그녀의 정신적인 문제로서 말이다. 그리고 내가 지금에 와
서 그녀와 비좁고 갑갑한 집에서 사는 데 견딜 수 있을까.

지금 쿠루미가 사는 곳은 시부야에서 사철로 15분 정도
되는 곳에 있는 원룸으로, 제대로 들은 적은 없지만 아빠가
월세를 절반 정도 부담해주고 있을 것이다. 그 몫을 그대로
받아내면 도움이 되겠지만 내가 먼저 그 말을 꺼내기 힘들
었다.

애초에 나는 여기서 움직이고 싶지 않았다. 이 집은 건축
년도가 오래된, 방 하나에 식당과 부엌이 딸린 집이지만, 리
모델링을 해서 인테리어가 깔끔하고 남향이라서 밝아 마음
에 들었다. 여기서 독립하기 시작하고서 나는 꽤 안정된 삶
을 살고 있었다. 바로 근처에 상점가가 있어서 그곳에서 장
을 보던 중에 가게 사람과 소소한 세상사는 이야기를 하게
되었다.

생각이 막혀서 나는 북마크 리스트의 제일 아래를 클릭
했다. 안 된다고 생각하면서도 직장 강사 명부에서 이데의
주소를 찾아다 지도 검색을 한 결과다. 신주쿠교엔 가장자

리에 세워진 아파트 9층이다. 그곳에서는 분명 공원 전체를 내다볼 수 있어서 경치가 참으로 근사할 테다.

항공사진 모드로 바꿔서 마우스를 사용해 아무 생각 없이 지도 축척을 확대시켜갔다. 그러자 자신이 점점 하늘로 상승하는 듯했다. 도쿄만이 오른쪽에 나타났고 더욱 확대시켜 나가자 왼쪽에 후지산이 보였다. 나는 손을 멈추었다. 나고 자란 동네를 하늘에서 내려다보았다. 시즈오카와 하마마쓰 사이에 있는 후쿠로이라는 곳에서 나는 나고 자랐다.

오랫동안 떠올리지 않았던 어릴 적 기억이 되살아났다. 집은 그럭저럭 유복했다. 할아버지는 고향에서 건축업을 하고 있었고 우리 아빠는 셋째였지만 어느 정도 땅과 집을 물려받아 금전적인 고생은 한 적이 없었다. 아빠는 느긋하고 다정한 성격이었다. 엄마는 반대로 야무져서 태평한 아빠에게 잔소리만 했지만 괜찮은 조합이었다고 본다.

나한테는 나이 터울이 심한 오빠가 있었고 잘 보살펴주었다. 띠동갑이라서 오빠는 나를 거칠게 대하지 않고 예뻐해 주었다. 부모님과 오빠, 주변에 친척도 많이 살고 있어서 나는 집에서 혼쭐이 나도 도망칠 장소가 많았다. 외로웠던 적도 없었다.

그대로 쭉 나고 자란 고향에 있었으면 좋았을까. 작은 모래언덕만 있고 나머지는 그다지 특징도 없는 한가롭고 평화로운 어디에나 있는 지방 도시였다. 대학에 진학하려고 상경했고 고향에는 취직할 곳도 그리 없어서 그대로 도쿄에 눌러앉았다. 당시에 시골의 넓은 집에 사는 것보다 자는 장소가 좁고 갑갑해도 동네 전체를 집의 연장선상이라고 생각할 수 있는 도쿄가 더 살기 좋다고 믿어 의심치 않았다.

　나는 확실히 사랑받고 자랐다. 내 옷이나 가방 대부분은 양재에 재주가 있는 엄마가 손수 만든 것이었고 요리나 과자도 모두 엄마가 만들었다. 계절별 행사도 엄마는 귀찮아하지 않았다. 다다미방에 우뚝 솟은 히나 인형은 매해 꼼꼼하게 꺼내서는 히나 축제가 끝나면 재빨리 넣어두었다. 오빠를 위해 거대한 고이노보리(남자아이의 성장과 출세를 기원하면서 거는 잉어 깃발)를 장식하는 것은 아빠의 역할이었다. 칠석도 달구경도 즐거웠다. 지금만큼 세상에 알려지지 않았던 핼러윈을 어디서 들었는지 호박을 파서 랜턴으로 만들어주었다. 부모님은 자식을, 특히 나를 기쁘게 하는 데 수고를 아끼지 않았다. 그런 부모님은 이제 이 세상에 없고 오빠와도 꽤 오래 전부터 완전히 소원해져버렸지만, 사랑받고 자랐던 추억은 내 안에 확고한 행복으로 냉동 보존 되어 있다. 지금은 누구에게도 사랑받지 않고 살아갈 보람을 잃고, 허무에 가라앉아 있어도 냉동된 행복을 조금씩 해동시켜서 먹고 살아남아 있다. 이 세상에 태어났을 때 나는 환영받았다는 기억이 있어서 어떻게든 해왔다는 생각이 들었다.

그에 비해 쿠루미는 어떨까. 그녀의 갈망, 불안정, 거만함과 비굴함이 수탉 모양의 풍향계처럼 바쁘게 빙글빙글 돌아가는 걸 보는 게 나는 솔직히 말해서 괴로웠다. 내가 그 아이에게 정신적인 안정감을 주지 못했다는 사실을 인정하는 게 두려웠다. 나는 그녀를 사랑했지만, 그런 걸로는 완전히 부족했을지도 모른다. 도대체 어느 정도 사랑받으면 그녀는 마음속 깊이 만족할까.

나는 컴퓨터 앞에서 떨어져 오래된 경대 앞에 앉았다. 엄마의 유품을 계속해서 처분해서 이제 이 경대 정도밖에 없다. 이것도 좁은 방에서 사용하기에는 방해가 되고 거울을 잘 보지 않는 나한테는 필요가 없어서 다음 이사할 때는 분명 버리고 말 테다.

조명을 켜고 거울에 비치는 자신의 모습을 나는 응시했다. 눈길을 끄는 모습이 아니라서 평소에 자신의 얼굴을 빤히 바라보지 않는다. 낯선 자신의 얼굴을 관찰하는 것은 굳이 따지자면 고통이었다. 쿠루미 정도 예쁘면 거울을 보는 것도 즐거울 테다. 그 아이는 늘 손거울을 가지고 다니고 있고 거리의 쇼윈도에 모습이 비치면 이따금 앞머리를 바로잡거나 포즈를 취하기도 한다.

거울 속 나는 지친 얼굴을 하고 있었다. 눈꺼풀이 늘어지고 눈 아래에는 희미하게 다크서클이 있었다. 입꼬리가 불쾌한 듯 내려와 있고 코 부근의 모공도 눈에 띈다. 이 얼굴을 이데는 정면에서 바라보고 식사를 한 것이다. 그리 생각하자 갑자기 부끄러운 듯한 미안한 듯한 기분이 들었다. 얼굴 생김새는 바꿀 수 없지만, 조금 더 세련되게 하고 갔으면 좋았을 텐데.

경대 서랍에서 화장품을 꺼냈다. 파운데이션은 말라서 굳었고 립스틱도 꽤 전에 샀던 게 딱 하나 있는데 분명 유행이 지났을 것이다.

쿠루미에게 화장을 배우고 싶다고 하면 그녀는 뭐라고 할까.


요전번에 생리가 언제였더라? 딱히 정확하게 시작하는 편은 아니지만 그렇다고 해도 이번에는 늦는 편인 듯하다. 나른하고 열도 나고 오늘쯤 시작하려나. 일하러 가기 싫어라.

1주일이 지났다. 진짜 위험할지도 모른다. 예전에 누가 생리가 늦을 때는 진미채를 먹으면 온다고 해서 한 봉지 전부 다 먹어버렸다. 괜히 기분이 나빠졌다. 나 바보 아냐?

약국에서 임신 테스트기를 사와야겠다. 양성일까봐 두려워서 싫다. 나 또 낙태수술을 받아야 하나.

병원에 가야 하나. 다들 병원을 권하겠지. 병원엔 가기 싫다. 마이가 고민을 들어주려나. 그런데 이런 것까진 말 못해. 왜 눈물이 멈추질 않지? 바보 같다. 나는 내가 너무 싫다.


화장에 대해서 물어보자 예상대로 쿠루미는 "마이코가 화장을 배우고 싶어 하다니 너무 수상쩍어"라며 소란을 떨었고 나는 눈 깜짝할 사이에 이데에 대해 자백하게 되었다.

"그 사람 텔레비전에서 본 적 있어!"

들고 있던 포테이토칩 봉지를 내팽개치고 쿠루미는 큰 소리를 냈다.

"지금은 안 나와. 텔레비전에 나온 기간은 불과 1년이고 거절할 수 없는 사람한테 부탁받아서 하는 수 없었대."

내 변명은 전혀 듣지 않는 모습으로 쿠루미는 "연예인이다, 연예인!"이라며 소파 위에서 날뛰었다.

"연예인이랑 사귀다니 대단하지 않아?"

"그러니까 연예인도 아니고 사귀지도 않아."

"음, 어쨌거나 조금은 예쁘게 꾸며야겠네. 나한테 맡겨줘. 화장 가르쳐줄게."

쿠루미는 나에게 우선 세안을 하게 하고 화장수를 화장솜에 가득 묻혀서 이래도 되나 싶을 만큼 얼굴을 두드렸다. 너무 과도하지 않나 생각했지만, 그것만으로도 놀랄 만큼 피부가 촉촉해졌다.

늘 가지고 다니던 빵빵하게 부풀어 오른 파우치에서 화장품 한 세트를 꺼내더니 그녀는 나를 경대 앞에 앉혔다. 콧노래를 부르며 기초 화장품을 발라나갔다.

"리퀴드 파운데이션은 한 번 손바닥에 얹어서 데운 후에 펼쳐 발라야 해. 콧방울 주변은 두껍게 바르면 나이 들어 보이니까 조심하고."

"그렇구나."

"와아, 의외로 기미 같은 게 없네? 컨실러는 눈 밑에 조금만 바르면 충분해. 눈썹 정리 해줄 테니 눈 감아."

쿠루미는 재빨리 내 얼굴에 화장을 해나갔다. 마이코는 눈이 작아서 아이라인은 블랙보다 브라운이 더 크게 보인다든가, 입술 윤곽을 너무 또렷하게 그리면 아줌마처럼 보인다든가 즐겁게 말하고 있었다. 옷을 파는 것보다 이런 일을 하는 게 더 맞지 않을까 생각했지만, 기껏 그녀가 기분이 좋을 때 괜한 말을 하는 것도 뭣해서 나는 가만히 그녀가 해주는 대로 있었다. 눈을 뜨려고 하자 쿠루미가 끝날 때까지 보면 안 된다고 강하게 말했다.

"봐봐. 다른 사람 같지?"

끝난 듯해서 눈을 뜨자 거울 속에는 분명 다른 자신이 있었다. 눈에는 새파란 아이섀도와 인조 속눈썹까지 붙이고 있었고 뺨은 크레용으로 둥글게 그린 것 같은 강렬한 핑크로 되어 있었다. 갸루 메이크업이라기보다는 남자가 여장을 했을 때의 메이크업처럼 경박했다.

"이게 뭐야?"

"진짜 예쁘지? 이렇게 해서 데이트 가."

쿠루미는 배를 부여잡고 눈물까지 글썽이며 웃고 있었다. 일부러 그랬다는 사실을 마침내 깨닫고 나도 웃음을 터뜨렸다. 하지만 유심히 보자 파운데이션은 제대로 발라져 있었고 눈썹도 제 손으로는 그리지 못할 예쁜 커브를 이루고 있었다. 이상한 화장 때문에 웃길 뿐만 아니라 즐겁고 기쁜 감정이 솟구쳐 오르는 것을 나는 느꼈다.

타인이 화장을 해준 것은 처음이고 무엇보다 쿠루미가 해줬다는 사실이 기뻤다. 웃으면서 소파에 털썩 몸을 던진 쿠루미는 계속해서 입을 다물고 있는데도 웃음이 새어나오고 있었다.

이렇게 즐겁다면 역시 같이 살아야 할지도 모른다고 나는 생각했다. 생활비를 반씩 부담하는 건 어려울지도 모르고 그녀는 집안일을 나에게 떠맡길지도 모른다. 그런데도 괜찮다는 생각이 들었다. 만약 그대로 평생 쿠루미와 살게 된다고 해도 그거야말로 바로 운명일지도 모르지 않을까.

역시 같이 살까 나는 그리 말할까 싶어서 쿠루미 쪽을 다시 보았다. 그녀는 오래된 소파 위에서 평소의 모습으로 다리를 내동댕이치고 누워 있었다. 어느새 그녀의 얼굴에서 웃음이 사라져 있었고 구부린 팔을 머리에 얹은 채 멍한 표정을 짓고 있었다. 공허한 눈동자는 초점이 맞지 않은 모습으로 무엇을 보고 있는지 알 수 없었다.

나는 말을 걸 타이밍을 놓쳤다. 언제부터 이 아이는 이렇게 이것저것 할 것 없이 지친 듯한 울적한 표정을 짓게 되었을까. 아이 같다고 생각했는데 그곳에는 완전히 울적한 기분이 몸에 밴 한 여성이 있었다. 나른해 보이는 쿠루미의 모습이 어쩐지 모르게 불안했다.

감기라도 걸렸냐고 물어보려고 하니 같은 타이밍에 쿠루미가 입을 열었다.

"새 집 구하고 있어?"

조금 전의 기분 좋은 모습은 거짓말처럼 까칠한 목소리였다. 마치 내가 집을 구하는 게 당연한 듯한 말투였다. 발끈했지만 되도록 평온한 목소리로 답했다.

"좀 검색을 해봤는데 이 부근이라면 방 두 개짜리는 힘들 것 같아."

"흐음. 시부야에서 20분 거리 내에 있는 방 2개짜리에 거실이랑 식당 부엌이 딸린 집이라고 했잖아. 잘 찾아봐."

"그런 집이 얼마나 할 거라고 생각해? 쿠루미가 얼마 부담해줄지도 모르니 비싼 곳은 못 구해."

그만 이쪽도 어조가 강해졌다. 쿠루미는 천천히 몸을 일으켰다. "뭐어?" 하고 내뱉듯이 말하더니 그녀는 얼굴에 흘러내린 머리카락을 넘기고 이쪽을 노려보았다.

"실제로는 나랑 살 마음 없는 거 아냐?"

"……그렇지 않아."

"그런 것 같네. 애초에 말이야, 옛날부터 마음에도 없는 소리를 적당히 하잖아. 나랑 사는 것보다 새로 생긴 남자랑 같이 살고 싶은 거 아냐?"

텔레비전 리모컨을 그녀는 꼭 쥐고 있었다. 아, 싫었을 때 그게 경대에 내던져져 요란한 소리를 냈다. 건전지가 빠져서 저 건너편까지 굴러가는 걸 나는 눈가로 포착했다. 온몸이 긴장했고 심장이 폭발할 것 같았다. 다 셀 수 없을 만큼 몇 번이나 경험했는데 나는 그녀의 짜증에 익숙해지지 않았다.

"내 이야기, 진지하게 듣고나 있어? 적당히 흘려듣지 마!"

목소리 볼륨이 올라갔고 그녀는 발뒤꿈치로 의자나 미싱이 얹어져 있는 작업대를 걷어찼다. 놓여 있던 재단 가위가 바닥으로 떨어졌다. 간담이 서늘해져서 나는 은색으로 빛나는 가위를 보았다. 저런 곳에 꺼내놓는 게 아니었다.

"늘 듣고 있어."

"안 듣잖아. 나한테 실은 관심 없잖아. 나한테 옛날에 했던 말 기억이나 해? 날 절친이라고 생각해도 돼, 절친이니까 뭐든 숨기지 말고 이야기해도 돼, 뭐든 화 안 내고 상담도 해주겠다고 했잖아. 할머니가 돌아가셨을 때 그리 말했잖아. 그 말 잊어버린 거 아냐? 이 거짓말쟁이."

쿠루미가 열세 살 때의 일이다. 탄식하는 그녀에게 나는 그런 말을 했을지도 모른다. 하지만 잘 기억나지 않았다.

"그래서 난 마이코를 절친이라고 생각했어. 학교 친구한테는 못할 말도 마이코한테는 했어. 이게 뭐야. 내가 방해가 되면 방해가 된다고 말하면 되잖아. 날 도와줄 마음 따윈 실은 없지? 혼자서 마음대로 살라고 생각하고 있지?"

머리를 쥐어뜯으며 바닥을 발로 쿵쿵 구르고 엉망진창이 된 얼굴로 쿠루미는 카랑카랑하게 소리 높여 웃었다. 비명과 같은 웃음소리가 좁은 방에 울려 퍼졌다. 나는 바닥에 기다시피 해서 재단 가위를 주워 등에 감추었다. 불량청소년처럼 쿠루미가 나에게 침을 뱉었다.

"그게 무슨 엄마야!"

싸늘하게 그리 말하고 쿠루미는 집을 나갔다. 뒤를 쫓기는커녕 나는 너무 두려워서 현관을 잠갔다.

의자가 쓰러지고 테이블 위의 식기나 음식이 바닥에 흩어진 방에 망연자실하게 서서 깨진 거울로 시선을 보냈다. 바보처럼 화장을 한 여자가 가위를 가지고 떨고 있었다. 주머니에 손을 넣고 검은 조약돌을 몇 번이나 부여잡았지만 계속해서 떨림이 멎지 않았다.

거리는 급속도로 초여름 공기로 채워졌다. 부는 바람은 부드러워서 이제 옷깃 언저리를 여미지 않아도 되었다. 가로수 밑에는 녹음의 짙은 내음이 자욱해서 나는 이 계절의 도쿄를 제일 좋아한다.

그로부터 나는 이데와 두 번 식사했다. 한 번은 영화 시사회에 초대받아 긴자의 닭꼬치집에 들렀다. 카운터석뿐인 그 가게는 미닫이를 전부 열어젖혀놓아서 길가에서 군것질을 하는 듯한 즐거움이 있었다.

두 번째는 단골이라는 이자카야로 갔다. 술집이라기보다는 음식점 스타일의 그 가게에서는 단골들에 섞여서 테이블을 둘러쌌다. 이데는 "이 사람 대단해. 입고 있는 거 전부 직접 만들었대"라고 모두에게 나를 소개시켜주었다. 그곳에서 처음으로 이데가 나에게 흥미를 가진 이유를 알았다.

그러고 보니 이데의 환영회를 겸한 신년회 때, 내가 직장 여자아이에게 스커트를 만드는 법을 알려준 게 화제가 되었다.

천을 다루는 의류용품점에서 나는 오래 일해서 옷 만들기 패턴만 있으면 아주 어려운 게 아니면 대부분 어떤 옷이든 만들 수 있다. 간단한 스커트 정도라면 반나절도 걸리지 않는다. 그날 직장에서 내가 입고 있던 스커트를 스스로 만들었다는 걸 알고 여자아이들이 요란하게 놀라워했다. 그래서 부탁을 받아 만드는 법을 가르쳐주게 되었던 것이다. 지금은 굳이 만들지 않아도 저렴하고 좋은 옷을 많이 팔고 있지만, 그 반동인지 최근에는 또다시 옷을 만드는 게 유행하기 시작했다고 한다.

쿠루미는 어릴 적부터 자신이 걸치는 것에 스타일이 확고해서 내가 만드는 건 그다지 좋아하지 않았다. 그래서 딸과 또래일 법한 여직원들이, 아르바이트로 일하는 쉰을 앞둔 나에게 양재에 대해 이것저것 물어보고 순수하게 따라주는 게 무척이나 기뻤다. 이데는 파티가 열렸을 때 나이가 차이 나는 여자아이들과 무척이나 사이좋게 지내고 있는 나에게 흥미를 가진 듯했다.

그 가게에서는 나나 이데와 동년배 정도이거나 좀 더 연상으로 보이는 남녀가 즐겁게 먹고 마시고 있었다. 젊은 사람처럼 큰 소리로 웃고 이야기하고 때로는 발끈해서 언쟁을 벌이기도 했다. 읽었던 책 이야기, 본 영화 이야기, 각자의 가정 이야기, 일 이야기, 열중하고 있는 취미 이야기 등 화제가 끊어지지 않았다.

세면대에 섰을 때 옛날 스타일의 소매 있는 앞치마를 입은 가게 여주인이 "이데 씨는 재미있다고 생각한 사람을 누구든지 데리고 와요. 그 후에 이데 씨를 빼고 다들 친해져 버리니까 당신도 사양하지 말고 언제든지 가게에 와요"라고 나에게 말했다.

오랜만에 시간을 잊고 나는 낯선 사람들과 이야기에 몰두했다. 날짜가 바뀐 것을 알아차리고 다급히 가게를 나서자 가늘지만 또렷하고 밝은 달이 빌딩 최고층에 걸려 있었다. 이제 전철이 다니지 않는 시간인데 도로에는 아직 사람이 많이 걸어 다니고 있었다. 같이 가게를 나선 이데는 택시를 잡아주었고 내가 차에 올라타자 청년 같은 미소로 손을 흔들었다.

연애가 아니어도 된다. 아니, 연애가 아닌 게 낫다. 나는 네온 속을 달리는 차 안에서 그리 생각했다. 1대1로 불타오르거나 다른 모든 것을 배제하는 연애가 아니라 나는 인간 관계를 원했다. 이데는 그걸 알아차리게 해주었다.

자신의 내면에 지금까지와는 다른 무언가가 숨 쉬는 것을 알 수 있었다. 내 인생은 끝이 다가오고 있고 이제 아무 변화도 일어나지 않으리라고 생각했다. 여름이 끝나고 가을이 오고 쌀쌀한 겨울 지하실에서 눈을 감고 웅크리고서 영원한 졸음이 오기를 기다리기만 하면 된다고 생각했다.

그로부터 쿠루미는 이따금 훌쩍 나타나서는 돈을 달라고 조르고는 돌아갔다. 빌려달라는 말에 고개를 가로젓지 않는 자신이 진절머리가 난다. 하지만 건네지 않으면 그녀는 폭발하거나 나 몰래 지갑에서 빼앗아 간다.

나는 그 아이를 어떻게 해야 할까. 엄마는 평생 딸을 생각하며 살아가야만 할까. 그렇게 키우고 만 책임은 나 자신에게 있고 자업자득이니 그 아이가 마음을 고쳐먹을 때까지 계속 설득해야만 하는 걸까. 나는 처음부터 엄마로서 실격인 걸까. 하지만 실격이라고 해서 낳아버린 딸의 존재는 지울 수 없다.

쿠루미에 대해서 말할 수 없다. 자기애를 채우고 싶은 건 나도 마찬가지다. 내 본심은 자신의 즐거움을 누구보다도 우선시하고 싶어, 들러붙는 딸을 멀리하고 싶은 것이었다. 진절머리가 나도 혐오스러워도 본심이라고 하는 건 하늘에 달이 떠 있는 것과 마찬가지로 바꿀 수 없다. 달이 필요 없다고 폭파할 수 없다. 차가 밤중을 달렸다. 심야 택시는 갈수록 미터기 요금을 더해갔다. 살아가면 살아갈수록 높은 외상값을 지불하게 되어 있다. 그런 법이라고 나는 취한 머리로 생각했다.

전 남편이 지정한 장소는 도쿄역 구내 은방울이었다.

은방울이라고 하면 도쿄역 구내의 만남의 장소로 유명하지만 실제로 온 것은 처음이었다. 옛날에는 정말로 거대한 방울이 매달려 있을 뿐인 장소였다고 하지만 지금은 작은 로비 스타일로 되어 있다. 바로 그곳에 백화점 지하 못지않게 휘황찬란한 반찬이나 기념품 가게가 있고 나는 바삐 왔다 갔다 하는 사람을 보면서 그를 기다렸다.

전 남편의 전화번호도 주소도 몰라서 인터넷에서 회사를 검색했더니 옛날과 그대로인 사무실이 그곳에 있었다. 대표 전화를 걸어 남편의 이름을 말하자 10분도 지나지 않아 이쪽으로 전화가 걸려왔다. 오늘 지금부터 해외출장을 간다고 했다. 그렇다면 귀국하고 나서 말해도 된다고 하니 어떻게 해서든 출발 전에 만나 이야기를 나누고 싶다고 해서 이쪽에서 연락한 주제에 거절하지 못하고 찾아왔다.

나타난 전 남편은 마치 처음 만난 사람처럼 보였다. 이혼했을 때 그의 얼굴도 언동도 적극적으로 잊으려고 해, 괜히 그런 생각이 들지도 모른다. 은색의 큼직한 트렁크를 끌고 셔츠에 재킷, 넥타이까지는 하고 있지 않았지만 깔끔하게 입은 그는 성공한 비즈니스맨으로 보였다. 호리호리하게 마른 사람이었는데 관록이 붙었다. 분명 이제 중역을 맡고 있을 테다.

"이런 곳에서 어수선하게 미안."

그리 말한 그는 웃는 얼굴까지 보였다. 부드러운 호를 그리는 눈과 입술이 역시 쿠루미와 닮았다. 나는 어떤 표정을 지어야 할지 몰라서 고개를 숙였다.

"연락해줘서 고마워. 당신한테서 평생 전화가 안 올 줄 알았어."

"출장이라면 터키?"

"응, 유럽이랑 아프리카도 돌고 오지만. 한동안 못 돌아오는데 오늘 만나서 다행이야."

그는 양탄자 킬림을 수입해서 판매하는 회사에서 일하고 있고, 내가 예전에 일하던 회사와 거래를 했다. 나는 입사한 지 얼마 되지 않아 업무를 통해 그와 알게 되었다. 마주하고 서 있으니 기억의 깊은 바닥으로 쫓아낸 옛날의 그가 떠올랐다. 젊은 시절의 그는 성격이 불같고 급했으며 말투가 비아냥대는 듯했다. 그런 주제에 못미더운데다 바로 심기가 불편해져서는 어린아이처럼 입을 삐죽댔다. 그때와 같은 사람이 슈트를 차려입고 부드럽고 차분한 태도로 이야기하고 있다.

"이야기라면 쿠루미 때문이지?"

"쿠루미 이야기 말고는 없잖아."

말하고 나서 나는 바로 후회했다. 지금은 내가 더 훨씬 유치하지 않은가. 시비를 거는 듯한 내 말투를 신경 쓰는 기색도 없이 그는 벽 쪽의 빈 벤치를 가리키고 그곳에 앉으라고 나에게 권했다.

"쿠루미, 어제도 돈 빌려달라고 하더라."

앉더니 그가 그리 말했다.

"어제도? 그 말은 전에도 그랬다는 거야?"

"가끔. 그런데 요즘은 계속 와."

나는 깊은 한숨을 쉬고 "민폐 끼쳐서 미안" 하고 고개를 숙였다.

"당신이 사과할 일은 아니잖아. 나랑 당신은 진즉에 타인이지만, 쿠루미한테 있어서는 난 아빠니까. 딱히 당신의 감독이 소홀해서라고는 생각 안 해."

비아냥대지 않는 말투로 그가 말했다. 나란히 앉아 있어서 표정까지는 알 수 없었다. 그리고 가벼운 느낌으로 이렇게 말했다.

"새 남자친구가 생겼다며?"

무심코 오른쪽 옆에 앉은 전 남편의 얼굴을 보았다. 눈가에 미소를 머금고 이쪽을 보고 있었다.

"쿠루미가 그런 소리까지 했어?"

"그 녀석은 언제 만나도 당신 이야기만 해. 그 덕분에 당신이 건강하게 잘 지내는 걸 알아서 다행이었지만."

이쪽은 한껏 경계심을 가지고 있는데 그는 아무것도 원망하지 않는 듯한 말투였다.

나는 그에게 큰 마음의 짐을 가지고 있다. 옛날에 내가 그에게 한 행동이 심했다는 양심의 가책을 느끼는 마음이 있다. 그 사실을 직시하고 싶지 않은 것도 전 남편을 만나고 싶지 않았던 한 가지 이유다.

이제 4반세기 전의 일이다. 나와 그의 사이에 사귀기 시작하자마자 바로 아이가 생기고, 젊었던 우리는 기뻐하며 용감하게 혼인신고를 했다. 부모님이나 주변의 연장자는 난색을 표했지만, 두 사람 다 사회에 나가 일하고 있어서 반대 받을 이유를 알 수 없었다. 하지만 같이 살게 되고 나는 바로 큰 문제에 봉착했다.

생활을 더불어 하게 되면서 나는 그가 쉽게 싫어지고 말았다. 바깥에서 만났을 때는 알아차리지 못했던 그의 유치한 사고방식, 난폭한 말투, 마찬가지로 일하고 있는데 집안일도 육아도 주체적으로 하려고 하지 않는 태도에 진절머리가 났다. 되도록 싫어하고 싶지 않았다. 평화로운 가정을 유지하고 싶다고 생각해서 인내하고 노력도 했지만, 쿠루미가 세 살이 되던 무렵 한계를 느끼고 집을 나왔다.

그 후 나는 그가 아무리 전화로 사과하고 생활 태도를 고치겠다고 맹세해도 상대하지 않았다. 쿠루미도 못 만나게 했다. 아빠는 이미 그때 돌아가셔서 시골의 큰 집에 혼자 살고 있던 엄마를 도쿄에 불러다 여자 셋이서 살기로 했다. 엄마가 어린 쿠루미를 돌보고 집안일을 전부 해주어서 나는 바깥에서 마음껏 일할 수 있었다. 싫어하는 남자로부터 멀어지는 대신에 나는 엄마와 딸과 자신 세 사람 몫의 생활비를 벌 필요가 있었다. 그는 이혼에 선뜻 응해주지 않았지만 가정법원으로 넘기겠다고 말하자 승산이 없다고 생각했는지 이혼신고서에 도장을 찍어주었다.

어린 쿠루미에게는 네 아빠의 행방을 모른다, 우리를 버리고 간 못된 사람이라고 알아듣게 말했다. 그녀도 나에게 아빠에 대해 이것저것 묻지 않았으니 납득하고 있다고 생각했다. 그래서 설마 나 몰래 쿠루미가 아빠를 만나고 있을 줄은 생각지도 못했다. 엄마가 쿠루미가 간곡히 부탁해서 그의 연락처를 가르쳐준 것이다. 나중에 생각해보면 초등학교 5학년 때 쿠루미가 갑자기 나에게 난폭하게 말을 하게 되었다. 그때 쿠루미는 그를 만나러 갔던 것이다.

엄마가 죽은 것은 쿠루미가 중학교에 갓 들어갔을 때였다. 그 아이는 매우 심하게 하소연하며 나와 단 둘이서 살기 싫다고 난폭하게 굴었고 아빠가 있는 곳으로 가고 싶다고 울었다. 그 정도로 상처받은 일은 없었다. 쿠루미는 엄마를 대신하던 할머니를 잃은 게 괴로웠겠지만, 나도 가장 사랑하는 엄마를 잃은 차였다. 둘 다 슬프고 괴로워서 서로 보듬어주지도 못한 채 상처만 입혔다.

그런데도 중학교에 다닐 때는 쿠루미는 나와 살았다. 아빠한테 가고 싶다고 해도 내가 허락하지 않았고, 아직 중학생이었던 그녀는 엄마의 허락이 없으면 집에 계속 사는 수밖에 없었다.

하지만 고등학교를 입학하는 것과 동시에 쿠루미는 결심하고서 집을 나가 아빠에게 가버렸다. 전 남편은 아주 기뻐하며 쿠루미를 맞이했다고 한다. 그녀를 위해서 좁은 원룸에서 가족이 살 수 있는 아파트로 옮겼다고 한다. 나는 그 모든 것을 쿠루미에게 들었다. 그때도 나는 그와 직접 이야기하기를 거부했다.

쿠루미가 정말로 나가버렸던 일에 나는 한 방 먹었다. 엄마로서 딸에게 모두 부정당한 듯했다. 살아갈 활력을 잃고

망연자실했다. 하지만 홀로 남겨진 집에서 나한테는 상상하지 못했던 심경의 변화가 찾아왔다.

처음 첫 달은 혼자 먹을 식재료를 살 때마다 쿠루미를 떠올리며 괴로워했다. 하지만 한 달이 더 지났을 무렵에 나는 자신의 마음이 상당히 가벼워진 것을 알아차렸다. 밥도 맛있게 먹었고 잠도 푹 잤다. 그럴 리가 없다고 몇 번이나 부정했지만, 나는 현실적으로 다양한 일에 홀가분해졌다는 사실을 인정하는 수밖에 없었다.

일하고 돌아가는 길에 오랜만에 혼자서 영화관에 갔다. 딱히 보고 싶었던 영화는 없었지만 보고 있으니 즐거웠다. 예고편으로 나온 영화도 또 보러 가야겠다는 생각이 들었다. 영화관을 나가자 벌써 밤 10시가 가까워져서 얼른 돌아가야겠다고 생각한 순간, 아니 이제 서둘러 돌아갈 필요도 없다는 실감이 들었다. 이대로 마음 가는 대로 마지막 급행이라도 타고 어딘가 낯선 장소에 묵으러 가도 된다. 그리 생각하자 기분이 이상했다. 기쁨과도 슬픔과도 다른, 어쩐지 염려되는 듯하면서도 홀가분한 기분이 들었다.

그로부터 반년이 지나기 전에 나는 회사를 관뒀다. 회사는 옷감이나 의료품에서부터 카펫이나 커튼까지 거대한 모든 마트체인에 매상을 억지로 쥐어짜내고 있는 상태라 회사가 통째로 흡수 합병되기까지 머지않았다는 소문이 나 있었다. 불온한 분위기가 충만한 회사에서 몇 사람이나 부하를 데리고 있는 주임으로서 회사의 재건을 목표로 하는 회의에 나갈 열정을 나는 이미 잃은 상태였다. 만약 나에게 쿠루미나 엄마가 있었더라면 힘을 냈을 거라고 본다. 나는 자신을 위해서는 그 정도로는 노력할 수 없다. 나뿐만 아니라 의외로 누구나 그럴지도 모른다고 남의 일처럼 생각했다. 아내와 자식을 데리고 생활을 지키기 위해 눈에 핏발을 세우고 일하는 동료들에게 죄책감을 가지면서도 나는 선뜻 회사를 관뒀다. 한동안 빈둥거리면서 지금의 문화센터에 거의 아르바이트나 마찬가지인 대우를 받으며 일하기 시작했다. 집도 작은 데로 이사했다. 나 한 사람이 먹고 살아갈 수 있을 만큼의 노동과 생활은 아담하고 간소한 걸로 충분했다.

즉 나는 그렇게 하소연하고 있었는데도 본심은 두 번 다시 쿠루미와 살 마음이 없었던 것이다. 그렇지 않으면 그렇게 간단히 일을 관두고 살림살이를 처분하고 이사하지는 않았을 것이다.

"당신 이야기부터 들을게. 상담하고 싶은 게 있어서 연락했을 거잖아. 이제 시간도 별로 없고."

그에게 그 말을 듣고 나는 하기 꺼림칙한 말을 겨우 꺼냈다.

"나 다시 쿠루미랑 같이 살 것 같아. 그래서 만약 쿠루미한테 지금까지 집세를 보태주고 있었으면 미안하지만 그대로 계속 보내줄 수 없을까? 부끄럽지만 나는 지금 그렇게 경제적으로 여유가 없어."

그가 꼬고 있던 다리를 반대로 꼬고 조금 생각하고 나서 고개를 끄덕였다.

"그건 상관없지만."

"지만?"

"계속 생활비를 보내는 게 그 애를 위한 일이 될까? 벌써 스물셋이잖아. 무직도 아니고."

위장에서 무언가 뜨거운 덩어리가 솟구쳐서 나는 일어나서 고함을 지르고 싶어졌다. 그건 이제 와서 서로 확인하지 않아도 충분히 아는 일이지 않은가. 나와 전 남편은 저마다 타인이 되고 나서 그 마음의 짐 때문에 그 아이의 응석을 계속 받아줬다. 그 아이가 막말을 하면서 우는 게 귀찮아서 구미가 당기는 과자만 주고 온실 속에서 안전만 신경 쓰며 비바람도 맞지 않게 하며 키우고 말았다.

어리석은 행동이라는 건 진즉에 알아차리고 있었다. 하

지만 나도 엄마도, 그리고 지금 눈앞에 있는 옛 남편도 그저 되는 대로 하는 수밖에 없었다.

"이제 와서 그래 봤자지."

쥐어짜내듯이 말하자 그는 한숨을 푹 쉬고 손목시계를 힐끗 보았다. 이제 타야 하는 전철 시간인 모양이었다.

"지금 우리가 싸워봤자 하는 수 없어. 오늘은 어떻게든 전하고 싶은 말이 있었어. 트위터 해? 실은 얼마 전에 쿠루미 계정을 찾았거든."

신칸센이 지연된다는 사실을 알리는 알림 방송, 사람들이 오가는 수많은 발소리가 들렸다. 그의 목소리는 그 안에서도 또렷하게 들렸다.

"아무래도 쿠루미가 임신한 것 같아."

귀에 들어온 말이 의미로서 스며들기까지 나는 그의 얼굴을 응시했다.


"와아, 어머님께서 너무 젊으시네" 하고 그 청년이 말했다. 분명 나는 굳이 따지자면 동안이고 너무 아줌마스럽게 하고 나오면 쿠루미가 같이 다녀주지 않아서 헤어스타일도 패션스타일도 다소 젊게 하고 다니고 있을지도 모른다. 하지만 실제로는 젊은 사람에게 굳이 젊으시네요, 라는 말을 다른 사람이 하지 않으며 눈앞에 앉아 있는 나는 그가 지금 부터 결혼할 여자의 어머니이기에 젊다고 하는 말은 틀렸다고 본다.

그렇게 머릿속에서 반발이 넘쳐났지만 나는 미소 지은 얼굴을 유지하고 청년에게 고개를 끄덕여 보였다.

"그렇지, 그렇지? 마이는 젊어 보이지? 같이 쇼핑 하러 가면 거의 자매로 오해받는다니까" 하고 쿠루미는 나팔 장난감의 귀여운 목소리를 내며 청년에게 어리광을 부렸다.

공원에 접한 밝은 오픈카페에서 나는 두 사람에게 결혼 소식을 들었다. 아이가 생겨서 서둘러 혼인신고를 하기로 했다고 한다. 청년은 다소 긴장한 것 같았지만, 그렇다고 주눅이 들지도 않았다.

내 배에 아이가 생겼을 때 전 남편은 우리 부모님에게 맞았다. 하지만 아이가 태어나자 남편을 때린 그 손으로, 아빠는 손주를 안으며 아이가 싫어할 때까지 뺨을 대고 문질렀다. 계속해서 기저귀를 떼지 못해 둥근 엉덩이를 오리처럼 좌우로 흔들며 걸어다니던 그때의 아이는 지금 눈앞에서 뺨을 물들이며 남자에게 몸을 갖다대고 있었다. 생각해 본 적도 없지만 나도 그때 지금의 쿠루미처럼 사랑하는 남자 곁에서 아름답게 뺨을 빛내고 있었을지도 모른다.

청년은 주방장 견습생으로 처자식을 부양할 수 있는 수입을 벌지 못해, 한 사람 몫을 다해내기까지는 자신의 본가에서 쿠루미와 살겠다고 했다. 믿을 수 없는 사실에도 쿠루미는 생글대며 듣고 있었다.

그의 부모님에게는 어제 인사를 하러 갔다고 한다. 그쪽 부모님은 아이가 태어나면 부디 같이 살자며 기뻐한 모양이다. 그사이에 여유가 생기면 근처 아파트라도 사면 좋잖아, 하고 그쪽 어머니가 말했다고 한다.

"어머니가 엄청 상냥해서 친구 같았어."

쿠루미는 큰 비밀을 털어놓는 듯한 얼굴로 나에게 말했다. 무슨 소릴 하는 거람. 부모와 자식은 친구가 아니라는 건 네가 제일 잘 알고 있지 않은가. 이 못미더운, 아직 아이 같은 남자의 아기를 낳아도 정말 괜찮을까, 그쪽 부모님이 하는 말을 그대로 믿어도 될까, 타인의 집에 들어가면 상상도 할 수 없는 고생이 기다리고 있다. 그리 말하고 싶었지만 나는 그 말을 아마 쿠루미와 둘만 있다고 해도 하지 못할 것이다.

아기를 낳기로 결심한 여자는 누구의 충고에도 귀를 기울이지 않는다. 그걸 가장 잘 아는 게 나다. 나를 위해서는 애쓸 수 없어도 자신이 낳은 아이를 위해서라면 쿠루미라도 노력할지도 모른다.

테이블에 놓인 아이스티가 햇빛에 비쳐서 호박색으로 그림자를 늘어뜨렸다. 땀이 나는 날씨인데 어째서인지 쿠루미는 바닥이 울퉁불퉁한 부츠를 신고 있었다. 그게 뱃속의 아이를 위해서인지 유행의 선두라서인지 나는 알 수 없었다.

어디에나 있는 젊은 두 사람은 서로 콕콕 찌르며 웃고 있었다. 쿠루미는 사각에 큼직한 요즘 유행하는 휴대전화를 꺼내 손톱에 장식된 작은 원석을 빛내며 사랑스러운 것을 어루만지듯이 화면을 건드렸다.


지금 마이에게 결혼 소식을 전했다. 아이를 낳기로 했다. 사는 곳도 근사한 집으로 정해졌다. 일도 관두고 주부가 된다. 마사토는 정말 운명의 사람이었다.


여자아이를 낳고 싶다. 귀엽고 예쁜 여자아이. 같이 쇼핑을 가고 과자를 구워주고 세트로 된 옷을 만들어 입을 테다. 꿈이 이루어져서 기쁘다.

마이는 그렇게 기뻐하는 것 같지 않다. 어째서인지 검은 돌을 주머니에서 꺼내 선물이라고 말해주었다. 이상하다. 아이가 태어나면 마이네에 자주 놀러 가야지.

# 사랑의 바욜린

할머니의 '사랑의 바욜린' 이야기를 직접 들은 건 처음이었다.

섬 병원은 고층 타워로 특별실은 널찍하고, 큰 창문 너머로는 호수를 이룬 하마나코와 저 멀리 태평양 해역인 엔슈나다를 내다볼 수 있었다.

하마나코에는 크고 작은 것을 포함해 인공섬 다섯 개가 만들어져 노인용 섬이 세 곳, 나머지 두 섬은 비교적 젊은층 가족이 사는 타운이었다. 전국 호수나 만에 타운이 건설되게 된 것은 21세기도 절반이 지났을 때부터지만 하마나코가 그 선구적인 역할을 하고 있었다.

대리석을 모방한 바닥에 앤틱한 응접세트가 배치되어 있

고 벽에는 아름다운 그림이 장식되어 있었다. 화려한 멀티 모니터나 글을 쓸 수 있는 책상도 있어서 고급 아파트 같았지만, 그곳이 본래 거처가 아닌 증거로 할머니는 투박한 의료용 침대 위에 있다.

할머니가 이곳에 입원한 지 벌써 1년이 지났지만, 그녀가 가지고 온 개인 물품은 극단적으로 적어서 높이가 허리까지 오는 수납장에 담겨 있다. 그 위에는 바이올린 하나가 세워져 놓여 있었다. 처음 병문안을 왔을 때 원래 방에 있던 장식품인가 했다.

나는 솔직히 어릴 적부터 할머니를 대하기 어려워했다. 기분파에 섬세한 면이 없어서 선물을 건네도 마음에 들지 않으면 받지도 않는 사람이었다. 그래서 필요 이상으로 다가가지 않도록 했다.

요즘 노인은 젊은 적부터 피부 관리에 신경을 써서인지 표면상으로는 말쑥한 사람이 많은데, 할머니는 얼굴부터 손끝까지 주름투성이라서 그것도 다가가기 힘든 이유 가운데 하나였다. 마치 슬럼가에 있는 노인 같은 분위기였다. 건강검진을 싫어해서 대장암이 늦게 발견돼 수술을 반복했지만 이제는 전신에 전이되었다고 한다. 약 덕분에 통증은 없는 모양이지만 명백하게 몸이 버틸 수 있는 시간은 한계에 다다랐다는 느낌이 들었다.

지금 할머니의 침대 주변에는 나, 아버지, 폴란드인 청년, 청년이 데리고 온 통역사가 의자를 모아서 앉아 있다.

사랑의 바욜린이란 아버지가 할머니의 옛날이야기에 장난으로 붙인 제목이다. 할머니는 몇 번을 말해도 제대로 발음을 하지 못해, 바이올린을 바욜린이라고 발음한다고 한다. 너무 들어서 질린 아빠는 팔짱을 끼고 눈을 감고 있었다.

통역하는 남성은 스페인계 얼굴을 하고 있었다. 폴란드인 청년의 비스듬히 뒤에 앉아서 우리가 하는 말을 일일이 작은 목소리로 동시통역을 하고 있었다. 통역앱을 사용하면 되는데 그렇게 하고 있는 것은 두 사람이 연인관계라서일지도 모른다고 나는 생각했다.

폴란드인 청년은 중세 성에 사는 왕자 같은 미남이었다. 성형을 했을지도 모른다. 요즘 같은 시대에 성형은 흔해서 너무 아름다우면 오히려 성형으로 오해받는다. 나는 할머니가 젊었을 때 순간 빠졌던 사랑 덕분에 혼혈이라서 타고나기를 예쁘게 태어났지만, 그 덕분에 득을 본 일은 특별히 없었다. 오히려 험담만 들어서 인간을 불신하며 자란 듯하다.

할머니는 이야기를 하기 시작했다. 그건 이미 56년이나 전 이야기였다.


  그 무렵 나는 매일 아침 5시에 일어나 경차를 운전해서
일을 하러 다녔어요.

  하마나코 근처에 있는 자택에서 하마마쓰 중심부까지 차
로 20분 정도 걸리지만, 시간적인 여유를 꽤 가지고 집에서
나섰어요.

  내가 근무하는 곳은 하마마쓰역에 근접한 호텔이었어요.
정사원이 아니라 파견회사를 통해 계약해서 일하고 있었어
요. 맨 처음에 몇 번인가 지각을 해서 무슨 일이 있어도 웬
만해서는 적어도 지각은 하지 않는다는 마음가짐을 가지라
고 매니저에게 혼이 나, 매일 아침 근무 시간표 30분 전까
지는 근무복으로 갈아입고 라커룸에 앉아 있었죠.

  창문이 없는, 그저 사각형으로 된 작은 공간에서 나는 휴
대전화를 가지고 놀며 시간을 때웠어요. 며칠 전에 연인으
로부터 받은 문자 한 통을 몇 번이나 열어보고 닫고 있었어
요.

  고등학교 때부터 10년 이상 사귀고 있던 연인이 이별을
고한 문자였어요.

이별이라고 해도 그 무렵에는 석 달에 한 번 만날까 말까 하는 관계였어요.

'도코에게 좀 더 섬세한 면이 있었으면 좋았을 텐데. 좋은 사람 찾아서 행복해지길 바랄게!'

그런 문자를 보내는 사람에게 섬세한 면이 이렇다는 둥 저렇다는 둥 하는 말을 듣고 싶지 않았지만, 그건 내가 '슬슬 결혼 안 하면 미래가 불투명해서 곤란해'라고 보낸 문자의 답이었기에 하는 수 없을지도 모르죠. 그가 스무 살 때 술에 취해 "평생 같이 있자"고 한 말을 나는 내내 진심으로 받아들이고 있어서, 문득 대체 언제가 되면 이야기가 구체적으로 진행될까 싶어서 질문을 한 거였어요.

지인은 계속해서 결혼을 하고 아이를 낳고 일로 중역을 맡거나, 고향에서 떠나 도시로 나가기도 하는데 내 인생만이 정체되어 있어서 그 무렵 초조했어요.

하지만 나는 어릴 적부터 무언가를 밝혀내서 생각하는 게 서툴러서 그 초조함에 대해서 그다지 제대로 생각하지 않았어요. 그저 대수롭지 않게 휴대전화 문자를 켰다 끄며 고개를 갸웃거렸어요. 그러기를 반복했어요.

아침 식사인 뷔페식당은 10시가 가까워지니 공석이 꽤

눈에 띄게 되었어요. 은색 보온기에 산더미처럼 쌓여 있던 햄이나 달걀도 거의 다 나가서, 늦잠을 잔 듯한 와이셔츠 차림의 남성이 실망한 얼굴로 남은 음식을 접시에 그러모으고 있었어요.

내가 일하는 호텔은 하마마쓰역과 직결되는 대형 복합시설 내에 있고, 일본을 대표하는 오래된 호텔체인점 중 하나로 평일에는 압도적으로 비즈니스맨이 많았어요.

그 직장을 소개받았을 때는 무척이나 기뻤어요. 전문대학을 나온 후 일하던 회사를 3년 만에 관두고 그 후에는 아르바이트를 해서 일당을 버는 데 벅찼어요. 그래서 시의 현관이자 도쿄의 공기가 흘러들어오는 직장이라면 뭔가 예상치 못한 일이 벌어지지 않을까 기대를 가졌지요. 하지만 딱히 아무 일도 없이 이미 3년이 지나려고 하고 있었어요.

정사원과 같은 직원복을 입고 있었지만, 시급으로 일하는 학생 아르바이트생과 거의 아무 대우가 다르지 않았던 나한테는, 이대로 계속 일해도 출세도 승급도 없었어요. 일이 틀에 박혀 있고 주방 사람이나 사원과 개인적인 교류를 할 만한 기회도 없었고요. 그러기는커녕 덜렁이인 나는 그 틀에 박힌 일조차 허둥지둥할 때가 많았어요.

그때 나는 서른을 목전에 두고 있었어요.

그때까지는 나이라는 계단을 올라가면 텔레비전 드라마처럼, 무언가 에피소드가 자연스럽게 전개되는 줄 알았어요. 하지만 한 분기 3개월 만에 끝나는 가공의 이야기와 다르게, 실제로는 내버려두면 아무 변화도 일어나지 않았어요.

맥주 광고를 보면 갑자기 목이 마르는 것처럼, 나는 그때 여러 선전에 머리가 산만해져 있었어요. 내가 일하는 호텔에 붙어 있는 신부 포스터나, 탈의실에 놓여 있는 여성잡지의 독신 생활용 인테리어 특집이나, 신문에 접혀 있는 자격증 취득을 위한 인터넷 강좌 전단지나, 그런 걸 볼 때마다 마음이 껄끄러웠어요. 연애도 결혼도 하지 못하면 일이나 다른 사생활이라도 충실해야 하는데. 그리 생각했지만 나한테는 보람이 느껴지는 일도 몰두할 수 있는 취미도 없었어요.

'어딘가 멀리 가고 싶다'고 나는 창문 바깥에 펼쳐지는 엔슈나다를 보고 생각했었죠.

여자친구 대부분은 고향이 너무 좋다고 하는 사람뿐이었지만, 나는 그렇게까지 내가 나고 자란 곳을 사랑하지 않아서 어딘가 다른 곳에서 살면 다른 전개가 펼쳐지지 않을까, 하고 먼 곳으로 마음이 달려갔어요. 나고야에서라도 도쿄에서라도 차라리 바다 바깥에서라도 라고 생각하면서요.

그리 생각하면서 아무것도 하지 못하고 있는 것은 단순히 경제적인 문제도 있었어요. 내 고향에서는 좌우지간 차가 없으면 생활을 할 수 없어, 자동차 대출금 지불과 그 유지비로 나의 적은 월급이 나갔기에 본가를 나가는 것은 꿈만 같은 일이었어요.

호텔 조식 레스토랑에 찾아온 손님은 처음에는 아무리 졸려도 식사를 마치면 분주하고 활기 찬 모습으로 출구로 향합니다. 나는 여행객들의 등을 배웅할 때면 적적한 마음이 증폭되는 기분이 듭니다. 자신도 뭔가 용건이 있는 얼굴로 어딘가로 서두르고 싶다고 매일같이 생각했지요.

그 호텔에는 유복해 보이는 외국인도 많이 묵었어요.

한마디로 외국인이라고 해도 실제로 다양한 인종이 있었어요. 미국인 같은 사람, 중동인 같은 사람, 인도인 같은 사람, 아시아인 같은 사람. 한 사람 한 사람 그 너머에 이국이 펼쳐져 있다고 생각하면 가벼운 현기증마저 났어요. 하지만 제일 놀란 것은 외국인이라고 해도 누구나 영화에 나오는 미남미녀가 아니라는 사실이었죠. 다양한 얼굴이 다양하게 일그러져 있고 저마다 매력이 있어서 동물원을 보는 것보다 훨씬 재미있다는 불성실한 생각을 했습니다.

창가 안쪽 자리에 서양인 여서일곱 명이 식사가 끝났는데도 소란스럽게 이야기를 이어가고 있었습니다. 그들은 무슨 일을 하는지 사흘 연달아 오고 있었습니다. 비즈니스맨처럼 멀끔한 차림이 아니라 캐주얼한 차림이었습니다. 영어가 아닌 언어로 말하고 있었습니다. 외국인의 나이는 알 수 없지만 청년과 중년 정도의 나이인 사람이 섞여 있었습니다.

그 안에서 한층 더 눈에 띄는 남자가 있었어요. 거구인 그들 속에서 혼자만 몸집이 아담하고 화사하고 옅은 갈색머리가 곱슬곱슬하게 말려 있었고 너무 창백할 정도의 피부에는 주근깨가 흩어져 있었어요. 다른 사람들이 시끌시끌하게 이야기하는 중에 혼자 오물오물 빵을 입에 넣고 있었습니다.

어제 아침에도 나는 그를 몰래 훔쳐보다 오믈렛에 뿌려진 케첩을 희미하게 셔츠 소매에 묻힌 모습을 발견했습니다. 나는 즉시 물수건을 건네러 갔어요. 멀리서는 미소년으로 보였지만 가까이에 가자 소년 나이도 아닌 듯했고 미남이라고 하기에는 눈의 위치가 너무 가까워서 멍청한 느낌도 났어요. 하지만 왠지 인형처럼 사랑스러웠죠. 불가사의한 달콤한 향기도 났고요. 낯선 도시의 낯선 향기라고 나는 생각했죠.

11시가 다 되어 그들은 일어났고 레스토랑을 나섰습니다. 나는 여행객이 사용한 식사 접시를 공허한 느낌으로 정리했습니다.


그리고 그날, 마침내 인생의 전환기가 찾아왔어요. 이건 나중에 한 생각이지만 변화를 원하는 사람은 그게 임계점에 도달하면 절반은 제멋대로 강압적으로 그것을 끌어당긴다고 생각합니다.

나는 호텔 최상층에 있는 전망대 접수대에 앉아 있었어요. 조식 뷔페가 끝나면 그 일을 담당하는 게 일상이었습니다. 주말이나 관광 시즌 말고는 오싹할 만큼 고객이 오지 않습니다. 아르바이트라는 건 극단적으로 바쁘거나 한가한 곳을 담당하는 법이에요.

지상 45층에 있는 전망대는 현縣에서 제일가는 높이로 아무것도 가로막는 것이 없어서 태평양도, 후지산도, 남알프스도 전망할 수 있습니다.

이 타워가 세워졌을 때 나는 고등학생이었어요. 부모님과 어린 남동생과 같이 구경하러 왔지요. 이 정도 고층 타워에 올라왔던 적이 없어서 그 경치에 나는 감동했는데 데리고 와준 아빠가 돌아가는 엘리베이터 안에서 "우리 분수랑은 안 맞는 것 같아"라고 한 말을 똑똑히 기억하고 있습니다.

나는 접수대에서 거대한 창문을 등지는 형태로 앉아 그저 가만히 벽을 응시하고 있었어요. 아무리 절경이라도 이렇게 매일 보고 있으면 감동도 옅어지고 왠지 자신이 수조에 들어간 금붕어 같다는 느낌이 들어요.

그때 엘리베이터 정지음이 나고 손님이 내려오는 기척이 났습니다. 나는 눈이 휘둥그레졌어요. 머리가 곱슬곱슬한 그 외국인이 내려온 겁니다.

입구에 설치된 발매기 앞에 서서 고개를 갸웃거리고 요금 게시판을 응시하고 있었습니다. 도움을 주려고 엉거주춤하게 일어서는데 그는 지갑에서 동전을 꺼내 발매기에 넣었습니다. 그는 이쪽으로 티켓을 내밀었고 나는 두근거리는 마음으로 티켓을 반으로 찢어서 돌려주었습니다.

그는 천천히 경치를 보며 회랑을 나아갔어요. 손에는 무언가 들어 있는지 사각형의 검은 케이스를 가지고 있었습니다. 큰 창문에서 듬뿍 쏟아져 들어오는 햇살이 그의 곱슬머리를 금색으로 빛나게 했습니다. 키는 그렇게 크지 않았는데 일본인에 비해서 허리 위치가 높고 가느다란 다리가 길었습니다. 나는 숨을 멈춘 채 북쪽으로 도는 통로에서 그의 등이 사라져 가는 것을 배웅했습니다.

초조한 마음으로 앉아 있던 나는 참지 못하고 일어났습니다. 비품인 걸레를 들고 창에 묻은 오물을 체크하는 척하면서 그를 쫓아갔습니다.

머리가 곱슬곱슬한 그는 벽가를 따라 놓인 벤치에 다리를 꼬고 앉아 있다가 내 발소리를 알아차리고 쳐다보았습니다. 심장이 쿵쾅거리는 것을 참고 나는 혼신의 힘을 다해 미소를 지었습니다. 그러자 그도 생각지도 못하게 환한 미소로 화답했습니다. 30년 가까이 살아오면서 이성의 미소에 녹아내릴 것 같았던 건 그때가 처음이었습니다.

그는 나에게 손짓을 살짝 했습니다. 다가가자 셔츠 소매에 희미하게 남은 붉은 얼룩을 가리키며 "고마워"라고 말했습니다.

내 얼굴을 기억해준다는 사실을 알고서 귀까지 뜨거워졌습니다. 있는 한 용기를 총동원해서 동요하는 마음을 알아차리지 못하도록 미소 짓고 태연한 척 가장하고서 "웨어 아유 프롬?"이라고 물었어요.

그는 한 박자 쉬고 "바르샤바"라고 답했습니다.

바르샤바. 거기가 어디더라 하고 나는 경직되었습니다.

"음, 거기가 독일이었던가요?"

그는 고개를 한 번 젓고 "폴란드"라고 답했습니다.

나는 그 나라가 유럽의 어느 부근에 있는지 금방 떠오르지 않았고, 폴란드라고 하면 생각나는 게 아우슈비츠 정도여서 급속도로 기가 죽었습니다.

하지만 그는 기분 나쁜 내색도 하지 않고 쭉 미소를 띠고 있었습니다. 조식 때와는 느낌이 꽤 달랐습니다.

그는 손바닥을 획 뒤집더니 곁에 앉으라고 권했습니다. 접수대를 내팽개치고 손님과 함께 앉아 있는 모습을 상사에게 걸리면 심하게 혼이 나는 건 당연했지만, 이미 그런 건 아무래도 상관없어서 나는 그의 곁에 앉았어요.

쭉 묵고 있네요? 일본에는 얼마나 체류하나요? 관광인가요? 일 때문인가요? 도쿄가 아니라 왜 하마마쓰에 왔나요?

그런 말을 있는 한 최대로 영어 실력을 끌어 모아 그에게 물었습니다. 이때만큼 전문대 영문과에서 마지못해 공부해서 다행이라고 생각한 적이 없습니다. 그는 보석 같은 눈동자로 이쪽을 가만히 응시하고 있었습니다. 파랑뿐만이 아닌 초록이 감도는 눈동자였습니다. 그게 습관인지 사랑스러운 강아지처럼 고개를 살짝 갸웃거렸습니다.

죄송해요, 영어실력이 모자라서, 나는 폴란드인이라서요. 잠시 침묵한 후 느리고 알아듣기 쉬운 영어로 그가 말했습니다. 내 어설픈 영어를 제대로 알아듣지 못했다는 사실을 깨닫고 가짜 호텔리어인 나는 얼굴이 새빨개졌습니다.

"난 아담이라고 해요. 아담 루카시에비치요."

그는 오른손을 내밀었고 나는 조심스럽게 그 손을 잡아서 답했습니다. 얇고 큰 손바닥이었습니다.

"저는 도코라고 해요. 가타야마 도코요."

"도코?"

나는 고개를 끄덕였습니다. 딱히 좋아하지 않았던 자신의 이름이 갑자기 특별해진 것처럼 느껴졌습니다.

"일본어 조금 알아요. 일본 애니메이션 좋아해서요."

"어, 그래요? 폴란드에서도 하나요?"

"얏타맨, 세일러문, 프리큐어."

"아! 저도 어릴 적에 세일러문 엄청 좋아했어요!"

그런 먼 나라에서 일본 애니메이션이 방송되었다는 사실에 놀라서 기분이 엄청 좋았습니다.

"그건 뭔가요?"

발 언저리에서 대기하는 충견 같은 검은 케이스를 나는 가리켰습니다.

"바이올린."

그는 어째서인지 따분하다는 듯 어깨를 으쓱하며 답했습

니다.

자신은 바르샤바 음대 학생이며 우호도시인 하마마쓰 시에 음악 워크숍으로 초대받았다, 매일 아침에 함께 있는 사람은 같은 악단 사람들이고 그들은 8월 말에 귀국하지만, 자신은 휴가를 이용해서 한국과 대만에도 가볼까 생각하고 있다고 그는 말했습니다. 그렇다고 해도 그가 영어로 이것저것 설명해주는 걸 종합해서 그렇게 들렸을 뿐입니다. 하마마쓰는 음악 도시라서 근사한 홀도 세계의 음악을 모아놓은 악기박물관도 있지만, 음악과 전혀 인연 없이 성장한 나로서는 외국인에게 듣고 처음으로 그 사실을 떠올린 느낌이었습니다.

악기를, 그것도 바욜린을 연주하며 살아가는 사람을 직접 만난 건 처음이었습니다. 사실은 지금 이곳에서 켜주기를 바랐지만 그건 불가능했기에 나는 다른 질문을 생각했습니다.

"하마마쓰 관광은 했어요?"

아담은 어깨를 으쓱하며 고개를 저었고 요란하게 한숨을 쉬어 보였습니다.

나는 갑자기 무언가 영문을 알 수 없는 사명감에 휩싸여 몸을 앞으로 내밀었습니다.

"괜찮다면 내가 안내할게요. 어디에 가고 싶어요?"

내 기세에 그는 당황한 표정을 지었습니다. 그리고 조금 생각하고 나서 "컨트리사이드"라고 말했습니다.

뜻대로 되어 만족한다는 듯 나는 일어났습니다.

"부디 우리 동네에 오세요!"

나는 그의 팔을 잡아 일으켜 세워 전망대의 큰 유리에서 서쪽을 가리켰습니다.

"저기, 저쪽이요. 호수가 펼쳐져 있죠? 저쪽 언덕이에요. 간잔지館山寺라는 온천지예요. 근사한 곳이고요. 이곳처럼 도시 같지 않고 그냥 시골이지만, 외국에는 드물 거예요. 제가 쉬는 날 받아서 안내할게요!"

내 기세에 압도당한 듯 그는 멍하니 있었습니다.

"음, 레이크사이드예요. 핫스프링, 마이 홈타운이에요."

이윽고 그는 환한 미소를 보여주었습니다.


그 이튿날 아담이 하루 휴식이라고 해서 나는 억지로 휴일을 받아 그를 간잔지로 안내하게 되었습니다. 아직 장마가 그치지 않았지만, 그날은 한여름처럼 활짝 개어서 관광하기에 절호의 날이었습니다.

나는 여름용 민소재 셔츠를 입고 왔지만 아담은 엊그제와 같은, 소매에 케첩 얼룩이 여전히 묻은 긴 소매 셔츠에 무려 등에는 바욜린을 짊어지고 왔습니다. 주차장에서 차에 놓고 오라고 일단 권했지만 단박에 거절당했습니다. 음악가라는 건 그렇게까지 자신의 악기를 몸에 늘 지니고 다니는 걸까, 아니면 상당히 고가라서일까, 하고 나는 생각했습니다.

우선은 우치우라 만을 내다볼 수 있는 산책길로 아담을 안내했습니다. 만의 경치를 눈앞에 두자 그는 오, 하는 소리를 내며 모르는 언어로 끊임없이 무언가 말했습니다. 말은 이해하지 못해도 경치의 아름다움에 흥분하고 있다는 것은 이해했습니다. 나도 그날 본 우치우라 만 경치는 그때까지 봐온 것 중에서 빼어나게 아름답다고 느끼고 있습니다.

거울처럼 잔잔한 수면에 초록 언덕이 비치고 있었습니다. 강가 건너편 오쿠사야마 산으로는 케이블카가 걸려 있고 그 아래를 흰 유람선 한 척이 미끄러지다시피 빠져나갔습니다. 유람선 앞에는 레트로한 유원지 관람차가 천천히 돌고 있었습니다. 투명한 푸른 하늘, 빛, 녹음, 풍성한 수면을 건너는 바람이 무척이나 포근했고 공중에 몸이 떠 있는 듯 모든 것이 쾌적했습니다.

우치우라 만이라는 것은 거대한 하마나호 동쪽에 오목하니 파들어 간 부분으로 호수 안의 작은 만입니다. 그 만 일대가 간잔지 온천이라는 이름의 관광지로 되어 있습니다. 예부터 온천여관이 늘어서 있고 유원지에 유람선 정박지, 플라워파크에 동물원 등 다양한 레저 시설이 있는 아담한 미니어처가든 같은 관광지입니다.

지명인 간잔지라는 절부터 안내하게 되었습니다.

긴 돌계단을 아담은 배낭 형태의 악기 케이스를 짊어지고 올라갔습니다. 드디어 도착한 절을 올려다보고 신기하다는 듯이 본당을 들여다보고 있었습니다. 내 눈에도 이렇게 낡았었나 싶을 만큼 역사를 느끼게 했습니다. 그에게 설명하려고 관광 안내소에서 받은 팸플릿을 읽었습니다.

"저기, 이 간잔지 절은 고보대사가 개산한 조동종 선사로……라고 말해도 이해 못하겠죠? 아, 실은 여기 알 만한 사람은 다 아는 결연結緣으로 유명한 절이에요."

나는 수많은 에마(신사에서 소원을 적어서 걸어두는, 그림을 그린 목판)를 가리켰습니다.

"이건 즉 럭키참 오브 러브예요."

그는 에마를 손에 들고 앞을 보거나 뒤를 보기도 했습니다. 이마에 맺힌 땀을 빛내며 생글생글 웃는 모습이 형용하기 힘들 만큼 사랑스러웠습니다. 여기가 결연으로 유명한 절이라는 건 알고 있었지만 자신이 설마 외국인을 안내하러 올 줄은 상상지도 못했습니다. 어쩌면 이런 것이 인연일까 하고 나는 넋을 놓고 생각하기 시작했어요.

우리는 절을 나와 수풀에 난 길을 걸었습니다. 우치우라만의 반대편인 하마나호 쪽으로 나오자 아담은 놀란 듯이 멈춰 섰습니다.

"씨?"

"크죠? 그런데 바다가 아니라 호수예요. 레이크. 빅 레이크."

"소 뷰티풀."

"저쪽에 큰 관음상이 세워져 있어요."

다시 수풀 속을 지나 거대한 관음 쪽으로 왔어요. 어릴 적에 왔을 텐데 이런 곳이었나 하고 나는 생각했습니다. 10미터 이상은 될 법한 이상하리만치 큰 관음상은 낡고 녹이 슬어 있었고, 그 주변의 연꽃 장식 등은 일본 풍경이라기보다 동남아시아처럼 보였습니다. 나는 간판의 설명서를 읽었습니다.

"저기 이 관음상은."

그러고 보니 옛날부터 있던 이 거대한 관음의 유래가 어떤지 나는 몰랐습니다.

"간잔지 주변은 젊은 남녀가 동반자살을 한…… 어, 동반자살?"

나는 놀라면서 이어 읽었습니다.

"그 영혼을 공양하고 살아가는 것의 존엄성, 죽음에 대한 생각을 멈추게 하기 위해 간잔지 보승회 사람들이 널리 기부금을 모아 고향 사람들의 협력으로 1년 남짓 걸려 쇼와 12년(1937년)에 높이 16미터짜리 대입상을 완성하였습니다……."

아담은 지쳤는지 나무 그늘에 있는 바위에 걸터앉아 땀을 닦고 있었습니다. 나는 혼자 읊조렸습니다.

"쇼와 12년이구나……."

그때는 헤이세이 21년으로 서력으로 말하자면 2009년이었어요. 손가락을 꼽아서 세어보면 쇼와 12년이라는 건 그때부터 72년 전의 일이었습니다. 동반자살은 이야기 속의 일이라고 생각하고 있었는데, 아주 옛날이라고는 하지만 고향에 그런 일이 실제로 있었다는 사실에 놀랐습니다. 그 무렵에는 분명 자유롭게 연애도 할 수 없어, 동반자살을 선택하는 연인들도 지금보다 더 있었을지도 모른다고 나는 생각했죠. 하지만 생명보다 소중한 연애라는 게 나는 상상이 잘 되지 않았어요.

멍한 느낌으로 앉아 있는 아담에게 나는 물통에 담아온

시원한 차를 권했어요. 그는 그것을 벌컥벌컥 마셨어요. 그리고 무언가 이야기하기 시작했어요. 영어와 일본어와 폴란드어가 섞여 있어서 절반도 알아듣지 못했지만 아름다운 호수, 근사한 날씨, 처음 본 풍경, 친절하게 대해줘서 고맙다, 그런 느낌이라는 건 이해했어요. 나는 기뻐서 그를 바라보며 그저 고개를 끄덕였어요. 또박또박 말하는 일본어가 섞여 있는 모습이 어린 아이 같아서 심장이 쿵쾅거렸어요.

"배고프죠? 점심 먹으러 가요. 이 부근의 명물은 장어인데 먹어본 적 있어요?"

"토끼(일본어로 장어는 우나기, 토끼는 우사기로 발음이 비슷)?"

"토끼가 아니라 장어요. 영어로 뭐라고 하더라. 일이었나? 두 유 노 일?"

"노. 그래도 트라이 해볼게요. 일본 먹거리 다 맛있어요."

"진짜요? 유 아 브레이브!"

우리는 어느새 손을 잡고 있었습니다. 그리고 폴짝거리다시피 하며 절의 돌계단을 달려 내려갔죠.


호숫가 장어집에서 우리는 점심을 먹었어요. 아담은 어설프지만 젓가락을 사용해서 장어덮밥을 입에 넣고 맛있다 맛있다며 얼굴을 빛내고 전부 먹었습니다.

오후에는 우치우라 만의 남쪽에서 북쪽으로 걸쳐져 있는 케이블카를 탔어요. 호수를 바로 건너는 케이블카는 일본에서 여기밖에 없다는 걸 안내 방송으로 그때 나는 알고서 고향에 대해서 모르는 게 많다고 생각했어요. 햇빛에 반짝이는 호수 표면을 바로 밑으로 내려다볼 수 있고, 케이블카는 오쿠사야마 산이라는 그 이름대로 녹음이 우거진 예쁜 작은 산으로 올라갔습니다. 종점에는 오르골 박물관이 있었고요.

나는 관내의 기념품점밖에 들른 적이 없어, 박물관 전시를 보는 건 처음이었어요. 20세기 초반의 앤틱 오르골이 많이 전시돼 있었고 거대한 페어그라운드 오르간이나 스타인웨이 자동연주 피아노에 아담은 눈을 빛냈어요. 관내 가이드를 하는 여성이 외국어를 잘하고 그에게 무척이나 친절하게 설명해주어서 아담은 매우 기뻐했죠.

얼추 전시를 본 후 옥상으로 올라가자 그는 다시 환호성을 질렀어요. 그 옥상에서는 360도, 가로막는 것 없이 하마나호를 내다볼 수 있었어요. 나도 그날 경치의 웅장함에 숨이 멎었어요. 하마나호는 육지와 호수가 뒤얽혀 있어서 훨씬 먼 바다까지 초록과 파랑이 복잡하게 포개어져 있었어요. 푸른 하늘은 한없이 높고 크고 얇은 구름에서 햇빛이 비치는 모습은 장엄하기까지 했어요. 수면이 반짝이고 녹음은 생기롭고 싱그러움이 넘쳐흐르는 듯했어요. 다른 관광객도 마찬가지로 그 절경에 넋을 놓고 있었어요.

나는 이 땅을 조금 더 자랑스럽게 여겨야 한다고 생각했어요. 외지 사람에게 고향을 안내하고 처음으로 나는 아름답고 풍요로운 땅에서 자랐다는 사실을 알아차렸어요.

옥상에는 큰 카리용 종이 설치되어 있고 정각에 자동 연주하는 모양이었어요. 그리고 어떤 철판의 존재를 알아차렸어요. 그곳에는 '연인의 성지'라고 쓰여 있었어요. 누가 이곳을 연인의 성지라고 인정했는지는 모르지만, 아름다운 큰 하늘과 물과 대지를 봤을 때 사람은 순수해서 신성한 기분이 들지도 모른다고 생각했어요.

아담은 왼손으로 내 손을 쥐고 뭐라고 감사 인사를 하면 좋을지 모르겠다, 근사한 하루다, 라는 듯한 말을 했지요.

"고맙다는 뜻으로 연주가 하고 싶어요. 여기서 바이올린을 켜도 될까요?"

"네? 켜주는 거예요?"

그는 등 뒤에서 케이스를 내리더니 정중하게 바욜린을 꺼냈어요. 생각보다 훨씬 작고 오싹할 만큼 반들반들했어요.

그는 등줄기를 꼿꼿하게 펴고 턱에 바욜린을 끼웠어요.

오른손으로 현을 조율해가며 켜기 시작했어요. 맑은 소리가 울려 퍼졌고 나는 놀라서 숨을 멈추었어요. 옥상에 있던 사람들이 일제히 돌아봤어요.

그 작은 악기에서 나왔다고는 생각할 수 없을 만큼 크고 세상을 떨리게 하는 소리였죠. 마치 작은 새가 숲속에 울려 퍼지는 소리로 우는 듯했어요.

간단히 조율하고 그는 왼손으로 현을 눌러 오른쪽 현을 춤추게 하더니 천천히 멜로디를 연주하기 시작했어요. 처음에는 나뭇잎 사이에서 새어나오는 빛 같았던 소리가 서서히 한 여름의 빛처럼 눈부시게 빛나기 시작했어요.

나는 대단하다며 그저 바보처럼 생각했죠. 대단해! 정말 대단해! 온몸의 피가 역류하는 듯했어요. 강력한 음이 몸에 스며들어 안쪽에서 가슴을 쿵쿵 두드렸어요.

연속되는 중음과 길고 아름다운 비브라토가 반복되었어요. 내 안의 무언가가 소리의 파도에 농락당하고 머지않아 맹렬한 회오리처럼 하늘에 감겨 올라갔어요. 그가 마법사인가 싶었죠.

그가 현을 켠 그때 카리용 종소리가 울려 퍼졌어요.

그 자리에 있던 사람 모두가 열렬하게 박수를 쳤죠. 아담은 눈부신 듯 눈을 가늘게 뜨고 허리를 깊이 숙여 인사를 했어요.

슬픈 일도 없는데, 오히려 기쁨으로 흘러넘치고 있었을 텐데 난 눈물이 멈추지 않았어요.


그날 밤 난 아담을 집에 초대했어요. 부모님에게 폴란드 사람을 안내한다고 했더니 사람을 좋아하고 친화력이 높은 두 사람은, 꼭 밤에 집으로 데리고 오라고 말을 꺼냈어요.

저녁 무렵, 아담을 데리고 집으로 돌아가자 객실에 연회 준비가 되어 있었죠. 다다미 위에 테이블을 세 개 이어붙이고 큰 접시에 엄마가 손수 만든 반찬과 초밥 그릇과 병맥주가 주르륵 늘어서 있었어요. 당황하는 아담의 팔을 엄마가 억지로 잡고 상석에 앉혔어요. 거칠 것 없는 부모님은 일본어로 그에게 마구 말을 걸었고 대학생인 동생이 옆에 앉아서 적당히 통역을 했어요. 어째서인지 친척이나 동네 사람, 아버지가 운영하는 조경 회사 직원들도 모여서 큰 잔치가 벌어졌죠.

도중에 아담이 일어나 "인사드리겠습니다"라고 말하고서 바욜린을 꺼냈어요. 자세를 잡고 켜기 시작했죠. 텔레비전 광고 등에서 자주 듣는 멜로디였어요.

오래 된 일본집에 별안간 찾아온 푸른 눈의 외국인이 아주 능숙하게 바욜린을 켜기 시작해서 그 비일상적인 모습에 모여 있던 사람들은 놀라워했죠. 연주가 끝나고 아담이 턱에서 바욜린을 떼자 모두가 와아 하고 갈채의 소리를 높였어요. 동생은 뒤집어지더니 "완전 장난 아니다"라고 폭소했고 옆집 할머니는 황천길에 선물이 되겠다며 눈물마저 글썽였죠.

아담은 수줍어하는 모습으로 정중하게 몇 번이나 인사를 반복했어요. 그리고 이번에는 「하늘을 보며 걷자」 멜로디를 켰어요. 술에 취한 사람들은 매우 기뻐하며 합창하기 시작했죠. 그때 이 사람은 의외로 처세술이라는 걸 잘 알지 않을까 하고 나는 느꼈어요.

꿈같은 하루의 끝에 그를 호텔까지 바래다주러 가는 차 안에서 우리는 키스를 했어요. 그건 무척이나 자연스러운 일이었어요.

그리고 우리가 육체관계를 가질 때까지 시간이 그리 오래 걸리지 않았죠.

아담은 내가 일하는 호텔에 장기체류를 하고 있어서 얼마든지 둘만 있을 수 있는 상황이 있었어요. 부모님에게는 야근이라고 하면 일이 끝나고 그의 방에 나는 자유롭게 묵을 수 있었지요.

침대 안에서 알몸으로 서로를 끌어안으면 말이 통하지 않는 건 문제가 되지 않았어요. 서로의 머리카락을 쓰다듬고 등을 어루만지고 마주보며 다리와 다리를 서로 휘감기만 해도 거짓말처럼 마음이 통했어요.

난 이거야말로 사랑이라고 생각했어요.


이야기가 너무 노골적이라서 나는 그쯤에서 크게 헛기침을 했다.

"할머니, 미안. 잠시만 기다려줘."

옛날이야기라서 심심하고 감칠맛이 날 거라고 생각했지만 의외로 몰두해서 듣고 말았다. 하지만 이런 상태로는 매우 세세한 부분까지 이야기가 들어가서 언제 끝날지 알 수 없었다. 나는 할머니가 아니라 아빠를 향해 물었다.

"이렇게 계속 이어지는 거야?"

아빠는 어깨를 으쓱했다. 중년이 되어 나잇살은 붙었지만, 혼혈인 아빠는 일본인과 동떨어진 외모를 하고 있어서 그런 동작이 몸에 배어 있었다.

"기억하는 부분이랑 기억나지 않는 부분이 군데군데 있어. 옛날 일은 세세하게 기억하지만 최근의 일은 갈수록 이상해지고 있지. 사람의 기억이란 건 참 신기해."

"이대로라면 해가 질 거야. 아빠는 이 이야기 알잖아. 아빠가 간추려서 말하면 되면서."

아빠가 코에 주름을 새겼다.

"일부러 멀리서 왔는데 이야기를 직접 듣기 전에는 납득 못 하겠대. 바이올린은 어머니가 소중하게 간직해온 거라서 살아 있는 동안에 물려줄 수 없다고 했는데도 납득 못하겠다고 끈질기게 구니까."

나는 통역사에게 들리지 않도록 아빠에게 얼굴을 가져가서 속닥였다.

"그냥 적당히 돈을 쥐어주고 돌려보내는 건 어때?"

"그러게 말이야. 50만 엔 정도라면 금방 해결될 줄 알았는데, 스트라디바리우스라면 1천만 엔은 족히 넘는다면서 고집을 부리네. 그래서 그냥 직접 부탁하라고 했어."

"어이가 없네. 바쁜데 말이야."

"이런 것도 가끔은 괜찮아."

아빠는 너그럽게 웃었다. 느긋하게 미소 짓는 아빠한테는 딸인 나조차도 흠칫하게 하는 색기가 있다. 고향에서 으뜸가는 명사의 딸을 홀려서 높은 자리에 오른 남자의 정력이 아직 아빠의 내면에 다 불타오르지 않은 상태였다.

지금 들은 할머니의 이야기처럼, 예전의 엄마가 천하의 아빠를 연모한 것처럼, 나도 누군가와 사랑에 빠지는 일이 있을까 하고 나는 조금 지친 기분으로 생각했다. 그건 기대감이 아니라 예상외의 트러블로만 느껴졌다.

아빠는 손을 뻗어 할머니의 손등을 가볍게 두드렸다. 그 동작에는 애정이 엿보였다.

"어머니, 이야기를 조금 더 줄여주면 안 될까요?"

할머니는 아빠의 얼굴을 빤히 바라보았다. 주름에 파묻힌 작은 눈은 동물의 그것처럼 무엇을 생각하고 있는지 알 수 없었다.

"조금 더 줄여서 중요한 부분만 이야기해줘요. 안 그러면 다들 배고파서요. 알겠죠?"

할머니는 알겠는지 모르겠는지 고개를 살짝 끄덕였다.


임신테스트기를 사서 확인한 것은 8월 말이었어요.

피임을 꼼꼼하게 하지 않아서 예상대로 생리가 찾아오지 않았을 때 분명 아이가 생겼다고 생각했죠. 나 자신이 번식하는 동물이라는 걸 실감나게 느꼈어요. 사랑이란 생명체가 되는 거라고 나는 번뜩이듯이 생각했어요.

아담에게 털어놓는 건 두려웠지만 나는 어떤 결심을 가슴에 품고 있었어요. 무슨 일이 있어도 낳겠다고요. 그가 꽁무니를 빼서 자신의 나라로 돌아가든 말든 이 아이를 낳겠다고 말이죠. 그건 자연스럽게 솟구쳐 오른 결의라기보다 확신에 가까웠어요.

만난 지 한 달 반, 두 사람의 관계는 아직 불타고 있었어요. 침대 안에서 나는 아담에게 아이가 생겼다는 사실을 전했어요. 당황할 걸 각오하고 있었는데 그는 그다지 놀란 모습을 보이지 않았어요. 무언가 이국의 말로 짧은 소감을 말했을 뿐이었죠.

"난 낳을 생각이야. 당신이 싫다고 해도 낳을 거야."

아담은 조금 지나서 한숨을 크게 쉬었죠. 무언가를 떨쳐내듯이 고개를 가로젓고 나서 "윌 유 매리 미?"라고 작은 목소리로 말했어요.

"응? 결혼해주는 거야?"

그는 고개를 끄덕였어요. 나는 몹시 감동해서 아담을 끌어안았어요. 혼자서 낳을 작정이었지만, 가능하면 그가 남편이 되어주기를 바랐구나 하는 자신의 본심을 깨달았어요.

그러고 나서 역시 소동이 벌어졌지요.

나는 얼른 그를 데리고 집으로 가서 부모님에게 임신 사실과 결혼 보고를 했는데 집 안 공기가 얼어붙었어요. 그때 우리는 결혼해서 구체적으로 어떻게 살아갈지는 전혀 이야기 나누지 않았어요. 그런 상태에서 그저 아이가 생겼다고 신나하며 부모님에게 보고를 하러 가다니 정말이지 어리석었구나 싶어요.

아버지는 격분하는 타입이 아니었지만 뭐가 그리 신이 났냐며 역시 거칠게 말했죠. 엄마는 당황하며 그런 말도 내력도 모르는 사람과 결혼하냐고 눈시울을 붉혔고 말이죠. 나는 그런데도 반드시 낳겠다고 절대로 헤어지지 않겠다고 하소연했고, 아담은 아는지 모르는지 진지한 표정으로 고개를 숙이고 있었어요.

거기에 끼어든 사람이 대학생인 남동생으로, 나는 지금도 남동생에게 평생 감사를 해도 모자랄 지경이에요. 동생은 정말 야무진 사람이었어요. 그렇게 좋은 애가 왜 나보다 먼저 죽었는지 그 아이를 떠올리면 지금도 아립니다. 남동생이 있어줬기에 나는 간신히 다양한 고난을 뛰어넘을 수 있었어요.

어, 남동생 이야기는 됐다고? 아, 어디까지 이야기를 했더라?

남동생은 말했어요. 어쨌거나 아이가 생겼으니 하는 수

없지 않냐고, 억지로 강압적으로 낙태를 시킬 수도 없는 노릇이고, 적어도 앞으로 한 달 정도 다들 머리를 식혀가며 생각해보자고 말이죠. 그로부터 아담은 결혼해서 어떻게 지낼 셈인지, 누나를 폴란드에 데리고 돌아갈 건지, 아니면 일본에서 쭉 살아갈 작정인지, 그 점을 꼼꼼하게 생각해서 들려달라고 영어와 일본어를 섞어가며 그에게 말했어요. 아담은 아무 말 없이 고개를 숙인 채 돌아갔어요.

그로부터 일주일 후 악단 사람들이 통역을 데리고 인사를 하러 왔어요. 제일 연배가 많은 사람이 부모님에게 고개를 깊이 숙여 사과를 했어요. 나와 아담이 사랑을 해서 그 결과 아이가 생겼는데, 왜 다른 사람들이 사과를 하거나 받는지 이해를 하기 힘들었어요.

그때 처음으로 아담이 심정을 드러냈어요. 그는 부모님이나 친척이나 조경회사 직원까지 지켜보는 가운데 몇 번이나 연습했는지 모를 어색한 일본어로 이렇게 말했어요.

"저는 일본에서 살고 싶습니다. 도코 씨를 사랑합니다. 아기의 아빠가 되고 싶습니다. 나라를 버리겠습니다. 전부 버리겠습니다. 일본에서 도코와 살겠습니다. 일본인으로 귀화해도 좋습니다. 아버님, 어머님, 부디 용서해주세요. 부디 잘 부탁드립니다."

익숙하지 않은 동작으로 다다미에 손을 짚고 아담은 다시 한 번 더 "잘 부탁드립니다"라고 말했어요.

미간에 주름을 새기고 팔짱을 끼고 있던 아빠가 아래를 향해 눈을 질끈 감았습니다. 다들 마른침을 삼키고 아빠의 대답을 기다렸습니다. 아빠는 작게 "반드시 행복하게 해줘야 하네"라고 대답했어요. 나는 아담을 끌어안고 소리 내 울었습니다.

여름이 끝날 무렵, 비자 관계나 신변 정리를 위해 아담은 한 번 폴란드로 귀국했어요. 하마마쓰역에서 국제공항 센트레어로 가는 리무진 버스 정류장까지 차로 배래다주러 갔을 때 예상치 못한 일이 있었어요. 내가 상당히 불안한 표정을 짓고 있어서일지도 모르죠. 아담은 바욜린을 들고 비행기를 타기 위해 좌석 두 개 티켓을 예약했는데, 출국 직전에 한 좌석을 캔슬하고 가지고 있어 달라고 말하며 바욜린을 나한테 맡겼어요. 어떤 때라도 곁에 두며 무엇보다도 소중하게 여기고 있던 것인데.

그래서 그가 분명 내 곁으로 돌아올 거라고 확신을 가질 수 있었고, 어떻게든 이 이방인과 오랫동안 행복하게 살 수 있을 거라고 느꼈어요.

그는 예상대로 보름 정도 만에 일본으로 돌아왔어요. 수화물은 캐리어 하나였고 나중에 배편으로 온 짐도 놀랄 만큼 적어서, 정말로 그는 조국에서 물건부터 인간관계까지 모든 걸 전부 버리고 왔을지도 모른다고 생각했어요. 그건 기쁨과 동시에 조금의 두려움을 나에게 가져다줬어요.

그리고 이듬해에 신록이 빛나는 계절에 아이가 태어났어요. 너무나도 어여쁜, 아빠에게 물려받은 곱슬에 천사로 착각할 만한 남자아이였어요.

아담은 아주 빠른 속도로 일본어를 익혀나갔어요. 음악가라서인지 귀가 밝았던 거겠죠. 읽고 쓰기는 부족해도 나나 가족과의 의사소통은 하루하루 순조롭게 늘었어요.

우리는 부모님의 제안으로 본가에 신세를 지고 있었어요. 오래된 집이지만 옛날에는 분재 전문가인 젊은 사람이 먹고 자고 한 적도 있을 정도로 넓기도 해서 제일 안쪽 다다미방 옆에 간단한 서양식방과 욕실만 얼른 증축해서 우리는 그곳에서 살고 있었어요. 언젠가는 독립하고 싶다고 생각했지만 아이가 갓 태어나서 하는 수 없었어요. 아담은 아버지가 지인에게 부탁해서 야마하교실 임시교사 일을 시작했어요. 부탁받으면 결혼식이나 이벤트에도 연주를 하러 가서 받은 돈의 대부분 전부를 생활비로 주었죠.

아담은 무척이나 자식을 끔찍이 여기고 좋은 남편이었어요. 덜렁대는 나와 달리 아이를 씻기는 것도 능숙했고, 깔끔한 걸 좋아해서 부탁하지 않아도 정리나 청소를 해주었어요. 일본 음식도 가리지 않고 먹었고 불평불만을 부린 적도 없었어요.

그의 아버지와는 딱 한 번 스카이프로 이야기를 나눴어요. 우락부락한 얼굴에 머리가 벗겨진 노인이었어요. 옷차림은 깔끔했지만 입꼬리를 한쪽으로 구부린 이국의 노인에게 친근감을 가질 도리가 없었어요. 시어머니는 이미 돌아가셨다고 했어요. 나는 갓 태어난 아이를 안고 그 사람에게 보여주었어요. 언젠가 데리고 가겠다고 말하자 아담이 그 말을 통역해줬어요. 상대가 어떻게 생각하는지 모른 채 인터넷 대면은 끝이 났어요.

나는 행복했어요. 하지만 가족이 와자지껄 떠들면서 밥을 먹는 와중에 아담이 포기한 듯한 미소를 띠고 젓가락을 사용하는 모습을 볼 때나, 다다미 위에 앉아 바욜린을 천으로 정성스럽게 갈고닦는 등을 볼 때, 나는 무척이나 잔인한 짓을 하고 있는 게 아닐까 생각했어요. 행복하면 할수록 돌이킬 수 없는 짓을 저지른 게 아닌지 생각했어요.

그때마다 나는 인터넷으로 레시피를 알아봐서 폴란드풍

토마토수프를 만들었어요. 그는 연신 맛있다며 기뻐해주었지만 그게 진심인지 아닌지 나는 마지막까지 알 수 없었어요.


그 천사 같은 아기였던 아빠는 시간이 지날수록 넉살좋은 중년이 되었다.

외모와 돈이 풍족했던 아빠는 가정 밖에서 여자를 몇이나 만들어서 엄마를 계속 울게 했다. 나는 그런 아빠를 혐오하면서도 어째서인지 온전히 미워할 수 없었다. 나는 어른이 되자, 나이를 먹을 만큼 먹었는데도 친정에서 독립하지 못하는 요조숙녀인 엄마보다도, 마찬가지로 서양인의 피를 물려받은 아빠의 편이 되었다.

2년 전에 아빠 회사에 정식으로 입사했다. 때가 되면 내가 아빠의 재산을 모두 물려받을 결심을 해서다. 지금은 이제 호적제도가 사실상 아무 효력을 발휘할 수 없지만, 그런데도 막대한 재산을 혼자서 짊어지는 건 무리가 있어서, 해를 끼치지 않을 법한 남편을 얻으라는 소리를 넌지시 듣고 있었고 스스로도 그래야 한다고 생각했다.

결혼해서 아이를 낳는다. 그게 아군을 만드는 기본이라

는 것은 시대가 변해도 달라지지 않는 가치관이었다.

안전한 곳에서 평온한 가정생활을. 그건 할머니 시대와 바뀌지 않고 많은 사람이 갈망하는 것이었다. 하지만 재산이 없으면 안전한 곳에서 살지 못하고 파트너 하고 그사이에 아이를 만드는 것도 어렵다.

세계적인 팬데믹 후 경제는 좀처럼 회복되지 않았다. 저출산은 갈수록 진행되었고 자위대가 조직을 유지할 수 없게 되어, 외국에서 용병을 모집하던 게 치안을 악화시킨 계기가 되었다. 아무리 규제해도 암시장에 무기가 나돌았다.

도심은 거대한 타워맨션과 슬램으로 양극화되었고 서민은 지방으로 흘러들었다. 지방도 중심부는 안전하다고는 할 수 없었고, 아이를 가진 중산계급은 게이티드 타운이나 호수나 만에 만들어진 인공섬에 살게 되었다.

축전지 개발이 진행되어 전기를 모아둘 수 있게 되어, 지금은 전기도 외국에서 사는 시대가 되었다. 이제 할머니 시대와는 모든 게 다르다고 생각하고 싶은데, 누군가와 부부가 되어 친자를 낳는 것만큼은 2065년인 지금도 다름없이 요구된다.

하지만 나는 누구에게 마음을 허락하면 좋을지 서른이 되어도 아직 모르겠다. 사랑이라는 감정을 느낀 적도 없고 가능하면 건드리지 않고 싶다고 생각한다.

할머니의 이야기를 들으면서 나는 그런 선뜩한 생각을 했다.

할머니의 이야기는 이어졌다.


그리고 그날은 왔어요. 3월 11일 대지진이 일어난 날이었죠.

나는 그때 집에서 걸어서 5분 정도 되는 곳에 있는 아버지 회사인 사무소에 왔었죠. 사무소라고 해도 창고 모퉁이에 책상과 사무기기가 놓여 있기만 한 장소였어요.

그곳에서 나는 동생한테서 컴퓨터를 다루는 법을 배우고 있었어요. 그 무렵 마침내 나는 앞으로의 처신에 대해 진지하게 생각하게 되었어요. 외국인인 아담에게 일본인 아버지 같은 역할을 지나치게 요구하는 건 너무 혹독하기에, 아들을 위해서 내가 야무지게 굴어야 한다고 생각했어요. 그리 되자 보람이 어떻다는 등 하는 꿈같은 소리는 하지 말고 늘 일손이 부족한 가업을 돕자고 생각했어요. 우선 장부 기입 등 사무 일을 조금씩 익혀나가려고 했어요. 아담은 그날 휴일이어서 집에서 아이를 돌보고 있었어요.

오후에 갑자기 발 언저리가 창고째로 들리는 듯한 충격을 받고, 나는 마우스를 쥐고 있던 손을 떨어뜨렸어요. 고개를 들자 창고 천장에 드리워진 전등갓이 좌우로 흔들리는 게 보였어요. 책상도 덜컹덜컹 소리를 내기 시작했고요.

지진이구나, 하고 그때는 그다지 동요하지 않고 있었어요. 지진은 그다지 드문 일이 아니었거든요. 불안하기는 했지만 곧 멎는 게 일상이었어요.

하지만 순간 멎었다 싶었는데 진동이 다시 격렬해졌어요. 좀처럼 가라앉지 않아 이건 어쩌면 고베 때처럼 큰일일지도 모른다고 생각하기 시작했을 때 동생이 "바깥으로 나가자!" 하고 내 팔을 잡아당겼어요.

동생과 종종걸음으로 출구로 향하다 아, 지갑을 깜박했다는 사실을 깨닫고 돌아보자 스틸 선반에 쌓여 있던 박스가 하나씩 떨어져, 안에 있던 도기와 화분이 요란하게 깨지는 게 보여서 오싹했어요.

지진 강도는 그다지 높지 않은 듯했지만 나는 아들이 걱정이 되어 뛰어서 집으로 돌아갔어요. 불에 덴 듯이 아이가 우는 게 들려서 방으로 뛰어 들어가자 아담이 아들을 끌어안고 기겁을 하고 있었어요.

지진 피해는 내가 말할 정도는 아니지만, 도호쿠는 큰일이 벌어졌어요. 직접 피해를 입지 않은 사람들도 그렇고 온 일본이 예민해졌지요.

그날 아담과 나와 동생은 텔레비전에 비치는 상황을 계속 지켜봤어요. 저녁 무렵부터는 부모님도 함께 재해 정보를 숨죽이고 몰입해서 보고 있었어요. 내가 울어도 소용이 없는데도 몸이 떨리고 눈물이 멈추지 않았어요.

아담은 잠자코 있었어요. 우리 방에도 텔레비전이 있어서 뉴스를 2개 국어로 설정해서 심야까지 그저 아무 말 없이 지켜보고 있었죠. 나는 아무 근거도 없이 "괜찮아, 괜찮다니까"라고 반복해서 그의 등을 쓰다듬어주었어요.

사흘인가 나흘 후쯤이었던가, 종업원 중 미야기현 출신 한 명이 꼭 한 번 고향에 돌아가고 싶다 하여, 그럼 몇 명인가, 교대해서 운전해서 가자, 어차피 간다면 제일 큰 트럭으로 지원물자도 실어서 가자는 의논을 하던 때였어요.

계속 켜놓았던 텔레비전 화면에 끔찍하게 허물어진 원전 건물 영상이 비춰졌어요. 그때 모여 있던 사람들 중 누군가가 "하마마쓰는 괜찮으려나?" 하고 불쑥 말했어요. 누구나 생각했지만 굳이 하지 않았던 말이었죠. 표면장력으로 간신히 버티고 있던 불안이 마침내 넘쳐흘렀다 싶었어요. 그런 해일이 오면 평평한 지대인 하마마쓰는 어떻게 되는 걸까, 라고 다른 누군가가 말했어요. 아버지는 "그럼 집을 버리고 평생 다른 곳으로 도망가서 살든지!" 하고 날카롭게 일침을 놓았어요.

그때 같은 방에 있던 아담이 아기를 안은 채 조용히 방에서 나가는 걸 눈가로 봤어요.

그때 그가 아버지가 한 말을 이해했는지 어떤지는 몰라요. 하지만 그게 그의 마음을 치명적으로 금이 가게 했다고 나는 생각해요.

원전 사고 보도는 시간에 쫓기다시피 하며 심각해져갔어요. 나는 어린 아들을 끌어안고 이 아이를 지켜야 한다고 궁리했어요. 우리 집 주변에서는 식료품을 대량으로 사들이는 일도 거의 없었고 가솔린도 줄을 서지 않아도 넣을 수 있었어요. 하지만 베크렐이라는 둥 시버트라는 둥 낯선 단어가 뉴스 방송에서 연발되었고, 어른인 자신은 상관없지만 아들의 입에 들어가는 음식은 산지를 신경질적으로 확인하게 되었어요.

아담이 가출한 건 그로부터 열흘 후였어요.

지금 생각하면 그는 자신의 돈을 상당히 가지고 있었고, 내가 모르는 곳에서 누군가에게 연락을 취하거나 외국인끼리 어울리는 커뮤니티에 접촉하고 있었을지도 몰라요. 그렇지 않으면 일본에 체류하던 여러 외국인이 일제히 일본 탈출을 꾀했던 그 시기에 그렇게 간단히 국제선 티켓을 끊었으리라고는 생각할 수 없어서죠.

이른 아침에 아들과 아담이 집에서 사라졌다는 사실을 알아차렸을 때, 그들이 집을 나가고 나서 시간이 그다지 지나지 않았다고 생각했어요. 그때도 난 나 자신이 생물이라는 걸 실감했어요. 아기 사자를 납치당한 엄마 사자처럼 나는 아이의 기척이 사라졌다는 사실을 알아차리고 벌떡 일어났어요. 아담과 바욜린, 아이와 내 경차가 집에서 사라져 있었어요.

분노로 온몸의 피가 역류했고 머리가 구석구석 맑아지는 걸 느꼈어요. 나는 그가 요 며칠 아이폰으로 항공회사 사이트를 보고 있었다는 걸 알아차린 상태였어요. 그 사람이 나가는 건 예감하고 있었지만 아이를 데리고 갈 줄은 어째서인지 생각지 못했어요.

"가만 안 둬!" 나는 소리 치고 아버지의 경트럭을 몰고 하마마쓰역으로 향했어요. 어금니를 바득바득 갈면서 액셀을 밟았어요.

엔슈철도의 신하마마쓰역을 넘어서자 리무진 버스 정류소가 보였어요. 그리고 지금 바로 천천히 움직이기 시작한 버스가 눈에 들어왔어요. 센트레어행인 그 버스에 그가 타고 있는 게 분명하다고 생각해서, 가는 길을 저지하자는 일념으로 나는 차로 중앙선을 넘어 버스 끝을 경트럭으로 박았어요. 엄청난 소리와 튕겨오르는 듯한 충격이 들었고 머리를 앞유리에 세게 박았어요. 아프다기보다 뜨겁다고 생각하면서 이마를 한 손으로 누르고 다른 한 손으로 안전벨트를 풀어 도로로 나왔어요.

경적이 사방팔방에서 울리고 있었어요. 당황한 버스 운전수가 고함을 지르면서 내려왔고, 그 뒤에 아담이 아이와 바욜린을 안고 살금살금 도망치려고 하는 게 눈에 들어왔어요.

나는 아담을 향해 돌진했어요. 그리고 셔츠 목 언저리를 잡고서 힘껏 박치기를 했어요. 그때 내 이마는 깨져서 피투성이였어요. 박치기를 당한 아담의 얼굴도 내 피로 물들었어요.

쓰러진 아담으로부터 아이를 빼앗고 나는 "이 애는 내 거야!"라고 짐승처럼 으르렁거렸어요. 그 자리에 달려온 경찰관에게 나는 붙잡혔어요.

길에 쓰러져 있던 아담이 비틀거리며 일어났어요. 그리고 예기치 못하게 다정하게 나에게 손을 내밀고 "폴란드로 가자"라고 말했어요. 얼굴이 피투성이가 된 아담에게는 고요한 박력이 있어서 경찰도, 격노하고 있던 버스 운전기사도, 구경꾼도 움직임을 멈추고 아담을 보았죠. 그리고 "이나라는 위험해"라고 그가 말했어요.

"후지산이 분화해도 난 도망 안 가!"

그리 고함을 지르는 나에게 아담은 이쪽으로 뻗은 손을 아래로 털썩 떨어뜨렸어요. 그리고 짊어지고 있던 바욜린을 끌어내려서 이쪽으로 천천히 내밀었어요.

그리고 아담은 사라졌어요. 두 번 다시 돌아오지 않았어요. 그로부터 한 번도 만나지 못했고 소식 하나 들은 적 없어요.


그때, 다 방전된 전지처럼 할머니가 입을 다물었다.

나는 할머니의 격렬한 이야기에 당황하고 있었다. 헤이세이 대지진 이야기도 지식으로서는 알아도 직접 들은 건 처음이었다. 그녀의 이마에 희미하게 남은 상처를 보지 않을 수 없었다. 그녀의 요절복통인 사랑이 있었기에 자신이 지금 존재한다. 그 사실을 자신에게 들이댄 듯한 느낌이 들었다.

"그럼 그 바이올린은 아담이 당신에게 양보한 거네요."

침묵을 깨고 통역하던 청년이 그리 물었다. 할머니가 고개를 끄덕였다.

"그래요. 이건 이 아이를 위해 팔아달라고 그가 말했어요. 난 생활이 힘들어질 때마다 팔자고 생각했지만, 도무지 그럴 수 없어서 벽장에 넣어뒀어요. 그사이에 아들도 훌륭한 성인이 되어서 기회가 있으면 돌려주고 싶었어요."

폴란드인 청년의 얼굴이 의외의 소리를 들었다는 듯 반짝였다. 나와 아빠는 얼굴을 마주보았다.

할머니는 장식되어 있던 바이올린에 손을 뻗었다. 나는 일어나서 그걸 할머니에게 건네주었다. 그녀는 그걸 그저 양손으로 잡고 잠시 응시하고 있었다.

그 바이올린이 얼마나 가치가 있는지, 물론 이미 전문가에게 의견을 구했다. 표면에 파여 있는 f 형태는 스트라디바리우스와 아주 닮았지만 그 정도로 비싼 건 아닌 듯했다. 바닥 판자의 표시가 오래돼서 이제 잘 보이지 않지만 독일의 개인공방에서 만들어진 게 아닌가 하는 말을 들었다.

그때 폴란드인 청년이 할머니에게 이야기를 하기 시작했다. 그걸 통역사가 일본어로 통역했다.

"할아버지는 폴란드로 돌아와서 연주 활동을 관두고 평

범한 회사원이 된 듯해요. 30대에 결혼해서 아이를 셋 얻었고 저는 그 막내딸의 아들입니다. 할아버지는 작년에 돌아가셨습니다. 생전에 저를 예뻐해 주셨는데, 가끔 일본에서 생활했던 짧은 시기의 일을 이야기해 주셨어요. 일본에 자신의 아들과 소중한 바이올린을 놓고 왔다. 열정적인 일본인 여성과 한때 같이 살았는데 그게 지금은 현실인지 환상인지 알 수 없어졌다. 어쨌거나 눈부시고 밝은 곳이었다고 말씀하셨어요. 저는 할아버지와 같이 살아 일본 영화나 애니메이션을 텔레비전으로 봤어요."

청년은 사진 한 장을 재킷 안 주머니에서 꺼냈다.

서양인 노부부와 그들을 둘러싼 가족사진이었다. 수염을 기른 노인은 눈이 가늘어서 미소를 짓고 있는지 불쾌해하고 있는지 알 수 없는 표정이었다.

할머니는 사진을 받아들고 얼굴을 가까이 하고서 가만히 보았다. 그리고 작은 목소리로 말했다.

"만약 지진이 일어나지 않았더라면."

사진을 든 손이 떨고 있었다.

"만약 그 지진이 일어나지 않았더라면. 그리고 나한테 조금 더 배려심이 있었더라면, 뭔가 달라졌을까 하고 몇 번이나 생각했어요. 나는 마음대로 그를 끌어들였고 내팽개쳤을 뿐이에요. 나는 어려서 아무것도 몰랐어요. 그의 종교가 무엇이었는지 어떻게 자랐는지 아무것도 알려고 하지 않았어요. 예를 들어 바르샤바가 체르노빌에서 그렇지 멀지 않다는 사실도 몇 년이나 지나고 나서 알았어요. 같이 폴란드로 가면 좋았을 텐데. 어차피 어리석었더라면 어디까지나 같이 있어야 한다고 생각하는 어리석음이었으면 좋았을 텐데 말이죠."

단번에 그리 말하고 할머니는 고개를 들었다.

"사진을 보여줘도 너무 옛날이라서 얼굴도 기억이 나지 않아요. 하지만 이렇게 살고 있었다니 다행이네요."

할머니는 본 적 없을 만큼 화사하게 활짝 미소 지었다. 그리고 바이올린을 청년에게 내밀었다. 그는 다급히 일어나서 그것을 받아들었다. 수납장 위에 놓여 있던 활을 들고 와서 작게 심호흡을 했다.

등줄기를 펴고 어깨 끝에 바이올린을 걸쳤다. 오른손에 든 활을 살포시 현에 얹었다. 활이 부드럽게 내려왔다.

병실에 음이 울려 퍼졌고 공기가 떨렸다. 오로지 한 음을 켰을 뿐인데, 나는 등줄기에 전류가 가로지르는 것을 느꼈다.

청년의 모습이 갑자기 윤곽을 드러냈다. 발 언저리에 대지가, 머리 위에 뻥 뚫린 듯한 푸른 하늘이 펼쳐진 것 같았다. 입안이 바짝 마르며 그 사람만 보였다.

　사랑이란 생물이 되는 것.

　할머니의 말이 번개처럼 내 몸을 꿰뚫었다.

# 20×20

　나는 주부지만 글을 쓰는 일을 한다. 글을 쓰는 일을 하고 있지만 자신이 누구인지 질문을 받으면 주부 말고 아무것도 아니라고 생각한다.

　가정이라는 장소가 어디보다도 마음이 평온해지는 곳인 것도 아니다. 아들의 엄마라는 것이 첫 번째 의무도 아니다.

　주부라는 그럴싸한 직함이 좋을 뿐이다. 남자가 결혼해서 집안일에 전념하면 사회적으로 무직이지만, 여자는 결혼하기만 하면 '주부'가 된다. 일은 언제 관둬도 된다고 생각하지 않았더라면 나는 자신을 온전히 유지하지 못했을 테다.

하지만 나는 주부인 주제에, 최근 집에 거의 돌아가지 않고 있다. 몇 년 전에 고원 마을에 샀던 리조트 맨션에서 날이면 날마다 원고를 쓰고 있다.

신록이 무성한 무렵에 이곳에 와서 창밖의 불타는 듯한 녹음이 여름 햇살에 달구어져서 색이 바라 빨강이나 노랑으로 변화해도 나는 같은 공간 같은 의자에 앉아 있다.

몇 년 전에 도쿄 자택이 너무나도 좁고 물건으로 넘쳐나서 작업실로 맨션을 빌리고 싶다고 남편에게 상담했다. 그는 미간에 주름을 새기고 침묵했다. 그리고 갑자기 고개를 들고 "아니!" 하고 밝게 말했다.

아니! 집세를 계속 지불하는 건 아까우니 사는 편이 좋지 않겠어? 필요 없어지면 팔면 되고. 어차피 산다면 바다라든가 고원처럼 환경이 좋은 곳에 있는 걸 사면 가족끼리 놀러 갈 수 있잖아. 잠시만, 잠시만! 내가 지금 알아볼게!

내가 당황하고 있는 동안에 남편은 컴퓨터를 켜서 엄청난 기세로 검색하기 시작했다. 그리고 그날 밤에 몇 채 되는 리조트맨션 구경 예약을 마쳤고, 그다음 주에는 이 맨션 착수금을 이체했다.

맨 처음 1년은 매 주말마다 둘이서 이곳에 찾아와 관광이라든가 테니스라든가 스키를 즐겼다. 대학생 아들은 지방

에서 혼자 살고 있어서 여름방학과 정월에 1박으로 올 뿐
이었다. 그리고 1년 반이 지났을 무렵, 남편은 급속도로 질
린 모양이었다. 불이 빨리 붙은 만큼 꺼지는 것도 빨랐다.
너무 놀아서 내 일은 늦을 대로 늦어져 있었다. 남편은 아
내가 마감을 끌어안고 초조해하는 것을 감지하고, 그쪽에
스스로 틀어박혀 글을 쓰는 게 어떠냐고 말을 꺼냈다.

　그건 고마운 제안이었다. 맨 처음에는 마감 전 1주일간,
이윽고 마감 전 2주일간, 그리고 한 달에 3주 이상 리조트
맨션에 틀어박히게 되었다. 대부분의 가사를 방치하고 있
는 아내를 남편이 실은 어떻게 생각하는지 오싹해서 물을
수 없었다.


　고원에서 보내는 나의 하루하루는 단조롭다. 아침에 일
어나서 간단하게 식사를 마치고 식탁 위를 정리하고서 노
트북을 펼친다. 그리고 날이 저물 때까지 오로지 계속 그곳
에 앉아서 일을 한다.

　워드를 켜서 글을 타닥타닥 타이핑하고 어느 정도 쌓이
면 복사해서 20자×20행 포맷에 붙여서 바라본다. 원고용
지 한 장은 20자×20행인 400자이다. 그게 이 일의 단위다.
텍스트 데이터를 메일로 입고하는 게 주류가 된 지금도 출

판사에서 오는 주문은 400자 원고지 몇 장이라는 체재다.

데뷔하고 나서 벌이가 적을 때는 아르바이트를 했다. 그
때는 1시간의 노동을 800엔에 팔았다. 800엔보다 높은 일
도 적은 일도 있지만, 거의 평균을 내면 800엔이었다. 그리
고 지금은 20자×20행을 약 5천 엔에 팔고 있다. 5천 엔보
다 높은 일도 낮은 일도 있지만, 평균을 내면 대체로 5천 엔
이다.

1시간에 800엔으로 일할 때는 그 1시간에 얼마나 노력해
서 많은 일을 해내든 아르바이트 동료와 수다를 떨든 급여
는 고정되어 있었다. 지금은 원고용지 1장이 고정급으로 그
걸 5분 만에 쓰든 하루 종일 걸려서 쓰든 똑같다. 얼른 많이
쓰면 그만큼 많이 벌 수 있다. 1시간을 800엔에 파는 것과
원고용지 1장을 5천엔에 파는 것 중 어느 쪽이 수지가 좋을
까. 누구든지 그건 후자라고 생각할 테다. 나도 그리 생각해
왔다.

업무량은 동년배 작가에 비하면 적은 편이다. 정기적인
일은 장편 연재 하나와 에세이 두 개다. 장편은 매월 20장,
에세이는 합쳐서 16장이다. 장편은 이미 3년이나 질질 끌
며 쓰고 있어서 수습을 할 수 없어졌고, 에세이는 오랫동
안 중년을 위한 여성잡지에서 연재하는 신변잡기적인 것이

지만, 아무 일도 일어나지 않는 일상 속에서 소재를 찾기가 고통스러워졌다. 쓰는 속도가 빠른 작가라면 누워서 떡먹기라고 부르는 이 매수를, 매월 걸레를 쥐어짜고 쥐어짜서 마지막 한 방울을 쥐어짜내다시피 하지 않으면 완수할 수 없어졌다.

해가 지면 매일 맨션 내에 있는 공중목욕탕으로 간다. 이게 하루의 메인이벤트다. 넓은 목욕탕에는 트레일러로 진짜 온천수를 옮겨온다고 한다. 씻는 자리가 다섯 개, 샤워부스가 세 개, 노천탕, 증기사우나까지 딸려 있다. 탈의실도 휴식 공간도 호텔 못지않은 설비로 되어 있고, 마사지 의자도 몇 대 설치되어 있다.

보통 때는 여행지의 료칸이나 호텔에서 들어갈 법한 욕탕에 나는 매일 우아하게 몸을 담그고 있다. 우아하다고 자신을 타이르듯이 시간을 듬뿍 사용한다.

황금연휴나 여름방학에는 씻는 자리를 확보하는 데 고생할 정도로 혼잡한 욕탕도 비시즌이 되면 인적이 완전히 사라진다. 넓은 화장실이 불안하게 만드는 것과 마찬가지로 너무 넓은 욕탕도 불안하다.

그날 밤도 아무도 없는 욕탕에서 몸을 씻고 있는데, 등 뒤의 문이 열리고 뚱뚱한 여성이 성큼성큼 들어왔다. 아, 보스다, 라고 몸을 사렸다.

"어머나, 이치지쿠 씨. 안녕하세요."

높은 천장에 그녀의 굵은 목소리가 메아리쳤다.

"아, 네. 안녕하세요."

되도록 큰 소리를 내서 사근사근하게 대답했다. 이치지쿠라는 건 내 필명이다. 이치지쿠 다와와. 아들이 처음 엄마의 필명을 알았을 때 "바……보 아냐?"라고 바와 보 사이에 2초 정도 틈을 두고 말했다.

그녀는 이 맨션에 혼자 사는 여성이다. 보스라는 건 내가 멋대로 마음속으로 부르고 있는 그녀의 별명이다. 나한테는 타인을 별명으로 기억하는 습관이 있다.

맨 처음에 보스와 말을 섞은 건, 내가 목욕을 다 하고 마사지 의자를 사용하고 있을 때였다. 의자를 젖히고서 기분 좋게 전동 돌기에 이리저리 마사지를 받고 있는데 "어머나, 당신!" 하고 고함을 질러서 일어났다.

"머리 밑에 타월 깔아요! 머리가 닿으면 더럽잖아요! 다 같이 사용하는 거니까요!"

나는 부들부들 떨면서 눈물을 글썽이며 사과했다. 자신이 만들어낸 이야기 세계 속에서는 신랄해도 현실의 나는 치와와처럼 겁쟁이였다.

나이는 60대 중반일까, 아직 노인이라고 부르기에는 일렀다. 큰 덩치에 오동통한 체형이었지만, 늘 이세이 미야케의 플리츠 플리즈를 입고 예쁜 샌들을 신고 있었다. 그리고 그 차림으로 주차장을 빗질하거나 눈을 쓸기도 했다. 주민에게는 공용 공간을 청소하는 의무가 없으니 하고 싶어 하는 듯했다. 이 맨션 전체를 자신의 집처럼 생각하고 있을지도 모른다.

첫 대면에서 혼쭐이 나고 나서 3개월 후쯤이었을까, 어느 날 목욕을 하고 몸을 닦을 때 보스가 들어와서 "어머나!" 하고 큰 소리를 냈다. 또 무슨 일로 혼이 나는가 싶었는데 "당신, 요전번에 텔레비전에 나왔죠! 작가라면서요!" 하고 활짝 웃으며 말했다. 신간 홍보 활동으로 이 방송은 매출에 효과가 절대적이니 나가라는 소리를 출판사에서 듣고 출연한 방송이었다. 촬영할 때 양쪽 다리가 떨리는 게 멈추지 않아서 방송은 보지 않았다. 그로부터 갑자기 보스가 다정해졌다. 다행이라고 하면 다행이지만 뭔가 답답했다.

다정해졌다고 해도 역시 보스가 무서워서 얼른 목욕을 하고 유리문을 당기자 이번에는 겔랑 씨와 딱 마주치고 말았다.

"어머나, 이치지쿠 씨, 안녕하세요."

가슴 언저리에 수건을 늘어뜨리고 겔랑 씨가 빙긋이 웃었다.

"네, 안녕하세요."

"날이 쌀쌀해졌죠?"

"아침저녁으로 춥네요."

"지금 말이에요. 교차로에 생긴 스페인 요리점에 다녀왔어요. 저번 주에 개업했대요. 이치지쿠 씨는 가봤어요?"

"아뇨, 아직요."

"정말 맛있었어요. 와인도 꽤 좋은 게 갖춰져 있었고요. 이베리코 돼지 햄이라든가 새우 감바스라든가 말이에요."

사심이 없어 보이는 미소로 겔랑 씨는 방금 전에 먹고 온 음식 이야기를 이어나갔다. 나는 알몸인 채 맞장구를 쳤다.

겔랑 씨는 이 맨션에 정착해서 사는 건 아니지만, 비시즌이라도 장기로 체류할 때가 많은 듯 보스와도 친하게 지내는 사람이다. 부잣집 사모님 같지만 독신인 모양이다. 무척이나 마르고 키가 작고 우아하게 말은 머리를 욕탕에 들어갈 때는 비닐캡으로 씌운다. 늘 겔랑의 스킨케어 시리즈를 병째로 바구니에 넣어 목욕탕에 들어오기 때문에 겔랑이라고 부르고 있다.

"다음에 같이 점심이라도 해요."

"네, 꼭 그래요."

"언제가 좋으세요? 내일은 어때요?"

"그게 저기 지금 일이 밀려서요. 죄송해요."

"그렇군요. 일하느라 힘들겠어요. 언제 또 물어볼게요."

"네, 또 말씀해주세요."

보스와 달리 겔랑 씨는 느낌이 좋다. 하지만 나는 겔랑 씨를 대하는 게 거북했다.

탈의실에서 몸을 닦고 있으니 욕탕에서 보스와 겔랑 씨의 즐거운 목소리가 들렸다. 예전에 둘이서 무슨 이야기를 하는지 궁금해서 귀를 쫑긋 세운 적이 있는데 다른 주민이나 관리인의 험담을 하고 있어서 들은 걸 후회했다.

나는 서둘러 옷을 입고 집으로 돌아갔다. 기묘한 알몸 교류다. 서로의 성격도 잘 모르는데 음모가 어떻게 난지까지 알고 있다.


나날이 가을은 깊어져서 아침부터 밤까지 오싹할 만큼 낙엽이 떨어져 있었다. 마른 잎이 세차게 휘날렸다.

아침부터 컴퓨터를 마주하고 있었지만 점심이 지나도 한 줄도 완성하지 못했다. 쓰고는 지우고 쓰고는 지우고, 저번 주에 썼던 것의 순서를 바꾸고, 표현을 바꾸다 고민 끝에 전부 지웠다.

순문학에서 작은 상을 탄 지 25년이다. 진즉에 순문학 계열의 잡지에서 의뢰가 오지 않게 되었지만, 중간문학 소설 잡지에서 조금씩 일이 들어와서 저공비행을 하면서도 이 일을 계속하고 있다. 하지만 이제 글렀을지도 모른다고 나는 최근에 강하게 생각하고 있다.

그때 컴퓨터 옆에 놓아둔 휴대전화가 갑자기 울리기 시작해서 흠칫했다. 화면에는 '겔랑 씨'라고 표시가 되어 있었고 착신음이 끊어질 때까지 가만히 지켜보았다. 어째서 그녀가 묻는다고 해서 휴대전화 번호를 가르쳐주고 말았을까 하고 전화가 걸려올 때마다 후회한다. 물론 처음에는 전화를 받았다. 식사에 초대받았을 때 애매하게 거절했고, 다음에는 건네줄 게 있으니 집에 가도 되냐고 해서 변명이 떠오르지 않아 집 호수를 알려주자 직접 졸였다는 대량의 아마낫토(설탕에 절인 화과자로 낫토와 다름)를 밀폐용기에 담아서 가지고 왔다. 순간적으로 "혈당치가 좀……"이라고 변명하고서 거절했다.

그 일을 떠올리면 무척이나 시무룩해진다. 겔랑 씨가 나쁜 게 아니다. 자신을 주부라고 받아들이는 것치고는 인간

관계를 맺는 게 서툰 자신에게 화가 치밀어 올랐다.

냉장고 안이 썰렁해서 기분 전환을 겸해 장을 보러 나가기로 했다.

맨션 안뜰에서 아르바이트를 하는 분들이 낙엽을 쓸고 있었다. 모두 똑같은 팔 토시와 장화 차림으로 이따금 작게 담소를 나누고 있었다. 즐거워 보였다. 시급은 얼마인가요? 하고 묻고 싶었지만 물론 말을 걸 수 없다.

마트까지는 30분을 걸어가는 수밖에 없다. 숲 안의 산책로를 내려가는 게 다소 지름길이라, 나는 소형 배낭에 달아놓은 곰 모양의 종을 딸랑딸랑 울리며, 마른 잎이 날리는 오솔길을 걸었다. 곰 모양의 종은 아들이 사주었다.

이 산책길에서 지금까지 여러 동물을 보았다. 다람쥐, 두더지, 여우, 일본산양, 다양한 들새. 저번 주에는 새끼 멧돼지 한 마리가 산책길을 가로지르는 것을 보았다. 아이가 있다는 건 엄마도 근처에 있다는 걸까. 작년이었던가, 관리인이 기껏 정원에 심어놓은 백합 알뿌리를 멧돼지가 파헤쳐 난감하다고 했다.

조마조마해져 걸음이 빨라졌다. 무서우면 숲에 들어가지 않으면 되는데, 한동안 산길을 걷지 않으면 발바닥에 울퉁불퉁한 나무뿌리나 흙을 밟는 감촉을 맛보고 싶어진다.

타박타박, 타박타박, 리듬을 새기면서 걷는다. 건조하고 희미하게 달콤한 가을 숲 내음을 느꼈다.

이제 글렀을지도 모른다, 글렀을지도 모른다, 고 리드미컬하게 생각했다. 부정적인 생각이라도 리듬을 붙여 읊조리면 즐겁다. 초조하고 즐겁다.

주부라서 오랫동안 냉장고에 있던 것으로 반찬을 적당히 만들어 내왔다. 아들이나 남편에게 먹을 것을 내놓아왔다. 하지만 자신의 냉장고는 이제 텅 비었다. 있을 건 있지만 조리해서 남에게 내놓아도 될 것 같지 않은, 냉동고에서 하얗게 변색된 고기밖에 들어 있지 않았다.


맨션으로 돌아가자 안뜰 쪽에 사람이 모여 있는 기척이 들었다. 들여다보자 보스와 겔랑 씨와 관리인 부부, 그리고 작업복을 입은 남성이 화단 앞에 모여서 무언가 이야기하고 있었다.

"아, 이치지쿠 씨, 때마침 잘 됐네. 부르러 가려고 했는데."

돌아본 겔랑 씨가 손을 흔들었다. 다가가자 모여 있는 사람들 중심에 사방이 1미터 정도 되는 철제 덫이 설치되어 있었다.

"이걸로 멧돼지를 잡을 수 있대요."

보스가 그리 말하고 말이 나온 김이라는 듯이 "이쪽은 구청에서 나온 분이에요"라고 소개시켜 주었다. 그 남성은 작업복에 긴 장화 차림을 하고 있었는데 상의 안은 셔츠와 넥타이를 하고 있었다.

"포획하는 건가요?"

내 말에 보스가 "그야 무섭잖아요"라고 뒤덮다시피 말했다.

"멧돼지가 들어오면 장치한 게 빠져서 문이 닫혀요. 그러면 나오려고 난리를 쳐 위험하니 절대로 상황을 살피러 오지 마세요. 엽우회(야생 조수를 보호하고 수렵 사고·위반 방지 대책을 세우고 있는 법인)에서 아침 일찍 올 테니까요."

구청에서 나온 남성이 덫을 가리키면서 그리 설명했다.

"이건 멧돼지용이라 상부가 이렇게 열려요."

그는 덫의 천장 부분을 열어 보였다. 찰캉 하고 금속이 부딪치는 소리가 났다. 의외로 소리가 커서 섬뜩했다.

"거의 벌어지지 않지만 곰이 들어올 때도 있어요. 곰은 이 정도 덫은 열고 나가요."

나와 보스와 겔랑 씨는 저마다 얼굴을 마주보았다. 관리인 부부는 익숙한지 무표정했다.

"이런 장치로 금방 잡혀요?"

보스가 회의적으로 물었다.

"그건 상황마다 다르죠."

"이건 뭐예요?"

덫 안에 뿌려져 있는 젖은 톱밥 같은 것을 나는 가리켰다.

"그건 콩비지예요."

"어, 콩비지로 잡을 수 있어요?"

보스가 큰 소리로 웃어서 그 자리에 있던 모두가 어쩔 수 없다는 느낌으로 살짝 웃었다.

구청 사람이 돌아갔고, 보스가 관리인 부부와 이야기를 하면서 걸어가자, 겔랑 씨가 다가와서 "무섭네, 무서워"라고 말했다. 무엇을 '무섭다'고 말하는지 모른 채 나는 고개를 끄덕였다.

나란히 홀까지 걸어갔지만 겔랑 씨에게 또 초대를 받는 게 꺼림칙해서 "저는 실례할게요"라고 일부러 크게 말했다. 계단을 올라가다 층계참에서 돌아보자, 겔랑 씨는 아직 그곳에 있었고 어째서인지 환한 미소를 지으며 아주 공손할 정도로 나에게 고개를 숙였다.

집으로 돌아와 창문에서 안뜰을 내려다보았다. 안뜰 중

앙에 정자가 있고 덫은 때마침 그 그늘에 있어서 보이지 않았다.

'콩비지로 멧돼지가 잡힐까' 나도 보스와 마찬가지로 생각하고 있었다. 그건 그렇고 논밭이 있지도 않은데 이곳에서 굳이 잡아야만 하는 걸까. 무섭지 않은 건 아니지만 리조트 맨션 정원 알뿌리 정도 파헤치는 게 뭐 어때서 말인가. 모쪼록 엄마 멧돼지도, 아기 멧돼지도, 콩비지 덫에 걸리지 않도록 해달라고 생각했다.

하지만 두 시간이 지나지 않아 멧돼지는 허무하게 덫에 걸렸다.

식사를 마치고 얼른 목욕탕에 갔다가 좀 더 힘내서 일을 하자고 컴퓨터를 켜자마자, 뜰 안쪽의 어둠에서 덫이 철컹철컹 흔들리는 큰 금속음이 들렸다.

간단하네! 라고 나는 낙담하고 있었다. 어떻게 봐도 그곳에 들어가면 안 되는데. 역시 인간한테는 이길 수 없다는 건가.

철컹철컹 덫을 흔드는 소리가 한시도 멈출 기색이 없었다. 1시간이 지나도 2시간이 지나도 덫에 걸린 사냥감은 계속 날뛰고 있었다. 언제가 되어야 포기할까. 텔레비전을 틀거나 헤드셋을 끼고 음악을 틀기도 했지만, 그 소리와 기척은 틈을 파고들어서 귀에 닿았다. 지금은 살아서 저항하고 있지만, 이제 곧 살해당할 생물의 소리다. 이게 아침까지 이어진다고 생각하자 머리가 이상해질 것 같았다. 그러고 보니 잡힌 멧돼지는 해체되어 포획을 의뢰한 사람에게 고기로 나눠준다는 소문을 들은 적이 있다. 만약 누군가가 멧돼지 고기를 나눠주려고 가지고 온다면 어쩐담.

휴대전화를 들고서 시각을 확인했다. 지금 서둘러서 나가면 마지막 신칸센을 탈 수 있을 듯했다. 나는 멧돼지보다도 먼저 포기하고 그대로 휴대전화로 택시를 불렀다. 컴퓨터와 소지품을 가방에 담아 달아나다시피 집을 나와 문을 잠갔다.


곧장 오리라고 생각했는데, 자택으로 돌아오자 마감과 집안일에 쫓겨 다시 맨션을 방문했던 건 새해 2일이 되고 나서였다.

아들은 귀성하지 않아 남편과 둘이서 맨션으로 왔다. 11월에 어수선하게 나와 버려서 집은 어질러진 채 그대로였지만 남편은 딱히 화도 내지 않고 같이 청소를 해주었다.

연말에 폭설이 내렸다고 하더니 뜰에는 눈이 봉긋하게 쌓여 있었다. 물론 이제 멧돼지 덫은 없었다.

집 청소를 마치고 남편과 식사를 하러 나가려고 하는데, 접수처에 관리인 부인이 있어서 새해 인사를 했다.

"그러고 보니 스다 씨가 12월에 돌아가셨어요. 알고 계세요?"

관리인 부인이 그리 말해서 나는 어리둥절해졌다. "스다 씨가 누군가요?"라고 옆에서 남편이 솔직하게 물었다.

"103호실에 살던 분이요. 머리에 컬이 들어가 있고 키가 작았던 분이요."

"어."

무심코 목소리를 내자 "내내 투병하고 계셨다고 하더라고요"라고 관리인 부인이 말했다.

무척이나 놀랐지만 그렇다고 해서 현실감도 나지 않아서, 걷기 시작한 남편 뒤를 쫓아갔다. 그가 차를 꺼내와서 나는 조수석에 탔다.

"스다 씨는 아는 사람이야?"

그가 물어서 "겔랑 씨야"라고 답했다. "아, 화장품이 전부 겔랑이었던 분" 하고 남편이 말했다.

차는 부지를 서행해서 출구로 향했다. 그러자 앞뜰 구석 쪽에서 모피를 입은 보스가 삽을 들고 눈을 쓸고 있는 게 보였다.

"잠시 차 좀 세워줘."

운전석 남편에게 그리 말하고 창문을 내렸다. 보스에게 말을 걸려고 하다가, 그녀의 본명을 기억하지 않고 있다는 사실을 알아차렸다.

어쩌면 나는 이 일마저 20자×20행에 타이핑할지도 모른 다는 예감에 아연실색했다. 사용하지 않고 냉동시켜놓다가 도무지 반찬이 없을 때, 해동시켜 요리해 한 장에 5천 엔에 팔아 자신과 가족의 배를 채우려나. 멧돼지를 잡아먹는 일 보다 훨씬 심하다. 내 다리는 남편의 옆에서 계속 후들거렸 다.

# 아이 아줌마

장례식에 갔다가 중학교 시절 동급생 셋과 조문 복장을
한 채 찻집으로 들어갔다. 내가 어릴 적부터 역 앞에 있는
그 가게는, 좋게 해석하자면 쇼와 시절(1926~1989년)의 레트
로한 풍경이지만, 시대의 변화에 편승할 노력을 포기했다
는 표현이 더 맞을지도 모른다. 문에 달린 카우벨도, 테이블
유리 상판 아래에 커피콩이 깔려 있는 것도, 당시에는 세련
되게 느껴졌다.

마지막으로 이 가게에 들어온 건 고등학교 졸업식 날이
었다. 작별하기 아쉬워서 사이가 좋았던 반 친구들과 과일
파르페를 먹고 해가 질 때까지 수다를 떨었다. 그때와 마찬
가지로 가장 안에 있는 4인 박스석에 앉자, 어깨나 허벅지

가 서로 맞닿을 정도로 비좁아서 나는 살짝 충격을 받았다. 그때와 멤버는 다르지만 아무리 그래도 이렇게 달라질 일인가. 예전의 소녀들이 나뭇가지처럼 가녀렸던 것도, 지금 눈앞에 있는 중년여성들이 술통처럼 뚱뚱한 것도 아닌데. 검은 스타킹에 검은 펌프스, 화학섬유가 새까만 옷을 차려입은 우리의 양감은 검은 산 같기도 했다.

살을 빼야지. 적어도 조금은 빼야지. 나이를 먹으면서 쇠약해지는 건 하는 수 없다고 해도 이 통통한 위팔과 허벅지를 좀 더 어떻게는 해야 할 것 같다. 그렇게 생각하는데 한 아이가 "이 가게 과일 파르페 그립네. 푸딩이 올라가 있었잖아"라고 말을 꺼내서 어쩌다 보니 모두가 파르페를 시키게 되었다.

장례식에는 동급생 남자아이들도 몇 사람인가 와서 이제 남자아이가 아니게 된 그들이 한잔하러 가자고 권했지만, 이제 여자아이가 아닌 그녀들과 차를 마시고 돌아가는 쪽을 나는 택했다. 술자리에서 먼저 일어나면 나중에 일이 번거로워진다. 가게에서 혼자 다른 걸 주문하면 자리의 분위기가 나빠진다는 감각이 오랜만에 되살아나서 신선했다.

"그건 그렇고 미와, 너무 허무하게 갔네."

"아무리 그래도 너무 일찍 떠났어. 부모님도 그 나이가 돼서 딸을 먼저 보낸다고는 생각지도 못했을 텐데."

"감기가 심해져서 폐렴이 되다니, 체력이 엄청 떨어져 있었나봐."

거대한 파르페를 쿡쿡 찌르면서 그녀들은 진지하게 이야기했다. 화제와 먹거리가 뒤죽박죽이라서 웃어도 되는지 그 점을 지적하면 안 되는지 생각하면서 나는 부지런히 손잡이가 긴 스푼을 움직였다. 강렬한 달달함이 혀를 마비시켰다.

"독신끼리기도 해서 유코 너는 사이좋지 않았어?"

갑자기 화제가 넘어와서 스푼을 든 손을 멈추었다. 세 사람이 내 대답을 기다리고 있었다.

"아, 그래도 요 몇 년간은 이미 소원해졌다고 해야 하나. 전에도 가끔 믹시(일본판 싸이월드)로 연락을 주고받는 정도였어."

"믹시, 그리운 말이다!"라고 웃으면서 한 사람이 말했고, "어머 나는 지금도 하고 있어" 하고 다른 한 사람이 말했다. "아차, 실언했다. 친구 신청을 받으면 번거로울 텐데"라고 생각하면서 애매하게 웃고 있으니, "우리 애가 트위터가 하고 싶은지 스마트폰을 사달라고 난리야" 하고 이야기가 비켜나가서 마음을 푹 놓았다.

그녀들의 아이는 이미 고등학생이거나 대학생이며 연인과 동거 중이라 이제 곧 결혼하는 딸도 있었다. 그렇게 다 큰 아이가 있어? 하고 그만 놀라는 소리가 입을 뚫고 나왔다.

"넌 독신이니 마음이 늘 젊게 느껴지겠지만 우린 이제 곧 손주가 생길 나이야."

다른 아이가 옆에서 어깨를 탁 두드렸다. 아팠다. 나머지 두 사람이 시끄럽게 웃었다. 그때 무뚝뚝한 아르바이트생이 파르페 용기를 치우러 와서 우리는 입을 다물었다. 꽃무늬 홍차 다완과 잼 병이 나란히 놓였다. 그래그래, 이 가게 홍차에는 잼이 곁들여졌었다. 찻잔은 옛날과 완전히 똑같아 보였다. 한 번도 깨지지 않았다고는 생각하기 힘들어서 같은 잔을 사서 채워놓으며 세기를 넘어온 게 아닐까 싶었다.

"젊은 사람 장례식은 성대하지만 슬픈 것 같아."

홍차에 잼을 톡 떨어뜨리고 한 사람이 말했다.

"그러게. 현역이니 사람도 꽃도 많지만 말이지."

"아무리 그래도 그 셀레모니홀이라는 곳 너무 밋밋하지 않았어? 스틸 의자가 쭉 나란히 놓여 있어서 회의실 같았어."

그래, 그래, 하고 나는 고개를 끄덕였다. 흰 벽지가 붙은 사각 공간은 비품을 교체하면 결혼식이든 피아노 발표회든 뭐든 할 수 있을 듯했다.

"그렇긴 해도 괜찮은 곳이었어. 우리 남편 시골이면 제사든 뭐든 절에서 하는데 여름에는 덥고 겨울에는 싸늘해서 정좌하는 것도 힘들다니까."

그건 그래, 하고 모두가 동의했고 왠지 모를 침묵이 감돌았다. 어쨌거나 모두 건강에 유의하자고 한 사람이 이야기를 마무리하듯이 말해서 그걸 계기로 일어났다.

나 말고 세 사람은 고향에 살고 있어서 가게 앞에서 좌우로 헤어져 혼자서 사철 역으로 향했다. 우리 본가가 이제 이 동네에 없다는 사실에 남몰래 안도했다.

나는 아직 철이 없구나, 아줌마면서 아이구나, 아이 아줌마구나, 하고 역 계단을 올라가면서 생각했다. 지금은 계시지 않는 할머니가, 기르던 고양이를 쓰다듬으면서 "네가 아이를 안 낳으니 시간이 아무리 지나도 아이인 거야"라며 눈을 가늘게 뜨고 종종 말했다. 그것의 귀엽지 않은 버전이다. 미처 어른이 되지 못해서 귀엽지도 않네, 라며 누가 인간 아줌마의 머리를 쓰다듬어줄까.

찻집에서 파르페를 주문해서 소란을 떨었지만, 주부들은 장례식 자리에서 점잖게 어른의 모습을 발휘하고 있었다.

염주를 쥔 손을 모으고 거즈 손수건 모서리로 눈가의 눈물을 훔치며 그녀의 부모님에게 위로를 전하고 있었다. 나는 염주를 가지고 있지도 않았고 눈물도 나지 않았으며, 딸을 먼저 보낸 부모에게 무슨 말을 해야 좋을지 알 수 없어서 고개를 숙이고 서 있기만 했다. 그녀의 오빠가 내 존재를 알아차리고 인사를 해주었는데 달아나다시피 나오고 말았다.

가나가와현 한가운데에 있는, 내가 자란 작은 마을 역에는 인적이 없고 꺼질 듯한 형광등이 점멸하며, 날벌레가 부딪치는 희미한 소리마저 들릴 정도로 조용했다. 지금이 겨울이면 좋았을 텐데 싶었다. 조문 복장을 한 채 전철을 타는 게 우울했다. 코트를 입어서 조문복을 가리고 싶었다. 검은 가방과 함께 손에 든 부의 답례품이 담긴 종이가방도 가지고 돌아가고 싶지 않았다. 분명 차나 김일 것이다. 맛있지도 않은 저렴한 차나 김. 카페의 설탕 같은 봉투에 담긴 정화 소금만 주머니에 넣고, 나머지는 망으로 된 선반에 놓고 깜박한 척하고 두고 가고 싶다. 그렇게 생각하는 나는 차갑고 어른스럽지 않다.

경적을 울리며 특급 열차가 홈을 통과해갔다. 일반 전철이 올 때까지 앞으로 3분 남았다. 이 일반 전철을 타고 터미널역까지 간 후, JR로 갈아타 도쿄역까지 가고, 또 도쿄역에서 지하철로 갈아타서 자택에 도착하면, 날짜가 바뀔 것이다. 그녀와 나는 도쿄의 같은 구내에서 살았다. 그녀는 지하철과 JR과 사철을 갈아타고 가끔은 이 고향으로 돌아왔을까. 그런 것조차 나는 모른다.

잘 나왔다고는 못할 미와의 영정사진을 떠올렸다. 마흔일곱에 갑자기 세상을 떠난 그녀의 원통함을 생각한다. 지금 이 전철이 오기까지 3분 동안에 그녀를 회상하자고 미간에 힘을 주었다. 슬프지 않은 건 아니다. 친구였던 사람이 갑자기 죽어서 충격을 받지 않았을 리도 없다. 하지만 집중하지 않으면 나의 의식은 미와를 생각하지 않게 된다.

주부 중 한 사람은 '젊은 사람의 장례식'이라고 했지만 마흔일곱은 젊다고 할 수 있을까? 물론 죽기에는 이르다. 마흔일곱보다 연상인 사람이 보면 당연히 젊다. 하지만 살아있는 나는 보통 이제 젊다는 소리를 듣지 않는다. 상대적인 이야기라서 마흔일곱이 젊은지 아닌지 생각해도 소용없다.

그녀의 오빠는 분명 세 살 위여서 지금 쉰일 것이다. 쉰이라는 숫자에 새삼 놀랐다. 힐끗 보기만 했지만 이마가 상당히 후퇴해 있었다. 쉰이라면 그렇게 되는 게 당연하다는 느낌으로 벗겨졌다.

그를 조금 좋아했던 적이 있다. 중학교 3학년 여름방학에 딱 한 번 영화를 보러 갔다. 인생의 첫 데이트였다. 그런 것도 완전히 잊고 있었다. 첫사랑의 벗겨진 머리. 시간의 흐름은 가차 없다.

만약 오빠와 결혼하면 우리는 가족이 되겠네, 그러면 즐겁겠다, 라고 그녀가 말했다. 하지만 그 말을 듣고 나는 조금 오싹했던 걸 기억한다. 그녀가 싫었던 것도 아니고 오히려 좋았다. 마음이 잘 맞는 친구였는데. 미래가 고정된 듯해서 격렬하게 주춤했다. 더구나 영화를 보고 돌아가는데 고등학교 3학년이던 그가 내 손을 잡았고 아직 나는 받아들일 수 없다는 욕망과 같은 것을 느끼고 겁이 나 두 번째 데이트를 거절하고 말았다.

미와와는 다른 고등학교에 진학해서 자연스럽게 만나지 않게 되었다. 20대가 되어 취직했을 무렵부터 연하장을 주고받는 일도 끊어졌지만, 30대에 콘서트장에서 우연히 재회했다. 그 무렵의 우리 나이보다 띠동갑이나 어린 아이돌 콘서트라서 서로 쑥스러워했지만 우스웠다.

그로부터 한때 우리는 무척이나 친했다. 매일같이 연락을 주고받고 하루하루의 사소한 일까지 보고를 주고받았다. 사람과 사람의 관계는 때로 그게 동성친구든 일 관계든 친밀한 시기를 맞이할 때가 있다. 그리고 그건 마치 예외 없이 숙성해서 떨어지는 과일처럼 자연스럽게 끝난다.

그 세 사람에게 미와에 대한 추억을 더 이야기하면 좋았을지도 모른다. 하지만 생전의 그녀를 나는 말할 마음이 들지 않았다. 어쩌면 나밖에 몰랐을지도 모를 그녀의 사생활. 그녀가 건강했을 때 이미 나는 질려서 그녀로부터 멀어졌다. 그걸 이제 와서 말하고 싶지 않았다.

나와 그녀는 이미 7년이나 만나지 않았다. 7년이나 만나지 않았던 인간은 무척이나 차가운 표현이지만 3년 입지 않은 재킷과 같다. 예전에는 필요했는데 급속도로 색이 바래서 망각되는 법이다. 그렇게 생각하니 눈물이 조금 나왔다. 하지만 그 물방울에는 점성이 없어서 줄줄 흘러 떨어질 뿐이었다.

역 바로 앞에 있는 경보기가 새된 소리로 울리기 시작했다. 신호의 흐린 빨간색이 선로를 비추었다.

내가 죽으면 역시 누군가에게 불쌍하다는 소리를 들을까. 그리 생각하면서 나는 펌프스의 발끝을 응시했다.

만약 내가 죽으면 장례식은, 썰렁한 장례식장이 아니라 조문객이 정좌를 하기 힘들더라도 절에서 하고 싶다. 가마쿠라에 좋아하는 절이 있는데 그곳이 좋다. 좋아하는 음악을 틀어주고 꽃도 짜증나는 국화가 아니라 화사한 걸로 장식해주길 바란다. 장미는 그다지 좋아하지 않아서 알록달록한 튤립이라든가 말이다. 저세상으로 여행을 가는 옷차림도 기껏 가는 거니 가지고 있는 기모노 중에서 제일 비싼 그 초목이 물든 나들이옷을 입을까 싶다. 아니면 나잇값 못하게 구입한 보테가 베네타의 섬머드레스가 좋으려나. 하지만 곰곰이 생각해보면 가마쿠라 절에서 튤립에 보테가 베네타라니 너무 우스꽝스럽다. 그런 유언을 남기면 주변 사람들이 난처해할 테다.

밤의 어둠 속에서 빛이 비치고 커브를 그리며 일반 전철이 나타났다. 차내는 비어 있었다. 나는 구석 자리에 앉아서 눈을 감고 숨을 쉬었다. 그리고 갑자기 깨달았다. 지금 조금 전에 '만약 내가 죽는다면'이라고 생각하지 않았던가? 만약이 아니다. 언젠가 나도 확실히 죽는다.

7년 만나지 않았던 사람이 이 세상에서 소멸해도 생활은 아무것도 달라지지 않았다.

나는 독신으로 살고 있고, 평일에는 일을 하며 휴일에는 청소를 하거나 식료품을 사러 가거나, 가끔은 부모님의 심기를 살피러 본가에 가기도 하며, 친구와 콘서트나 뮤지컬을 보러 가기도 한다. 교제하는 남성은 없어도 자연스럽게 스케줄이 채워졌고, 그것을 소화해내면 시간은 계속해서 흘러갔다. 딱히 한가롭지 않다. 할 일은 얼마든지 있다.

작은 회사의 눈에 띄지 않는 사무일이라도 나름대로 사람과의 관계나 트러블이나 기쁨이나 분노가 있어서 일상생활에 싫증나는 일은 없었다. 직장 사람과 점심을 먹고 텔레비전 이야기나 영화 이야기를 한다. 신입인 여자아이가 독서를 좋아해, 최근에 나온 추리소설을 권해줘서 읽고 있다. 상사가 캔커피 씰을 모으고 있다는 사실을 알아차리고 자신의 몫을 줬더니 기뻐해줬다. 자녀가 그 씰을 모아서 경품에 응모한다고 했다. 월말월초에 잔업이 이어졌고 그게 지나가자 한가해졌다. 그렇게 평범하게 한 달이 지나갔다.

토요일 점심 이전, 세탁물을 널고 있는데 휴대전화가 울렸다. 모르는 번호에서 온 착신이었다. 요즘 들어 옛날 동급생들 몇 사람과 연락처를 교환했기 때문에, 그중 누군가라고 생각하며 전화를 받으니 미와의 오빠여서 깜짝 놀랐다. 그 머리카락이 썰렁했던 50세.

말문이 막힌 나에게 그는 갑자기 전화한 것을 사과하고 여동생 일로 상담하고 싶은 게 있는데 시간을 내줄 수 있냐고 물었다. 옛날에는 툭툭 던지다시피 말했던 느낌이었는데 전화 속의 목소리는 막힘없었다.

"무슨 이야긴데요?"

상대가 무언가 판매하려는 듯한 기분이 들어서 나는 신중하게 물었다.

"유품을 나눠주는 거랑은 조금 다르지만 여동생이 당신한테 맡기고 싶은 게 있다는 걸 알아서요. 조금 복잡한 이야기니 만나서 말할 수 없을까요?"

그 애가 나한테 유품을 남겼다고? 갑작스러운 병사였는데?

"갑작스럽지만 내일은 어때요? 도쿄에 갈 용건이 있는데 근처에 가서 뵙도록 하죠. 30분 정도면 됩니다. 물론 다른 날도 괜찮고요. 그쪽 사정에 맞추겠습니다."

싫다, 왠지 듣고 싶지 않다, 그리 순간적으로 생각했지만 만약 듣지 않으면 그게 무엇이었는지 평생 궁금해하고 있을 것이다. 그녀의 유지를 함부로 한 것도 내내 후회할 게 분명했다. 수상쩍게 여기면서도 이튿날 오후 긴자에서 만나기로 했다.

그날은 답답한 마음을 끌어안은 채 저녁 무렵부터 가부키를 보러 갔다. 대학시절 친구가 좀처럼 구하기 힘든 티켓을 운 좋게 끊었다며 권해서 꽤 전부터 기대하고 있던 것이었다. 그런데 좋아하는 배우가 허세를 부리는 모습을 봐도 딱히 마음이 설레지 않았다.

공연이 끝난 후 식사를 가볍게 하고 집으로 돌아왔다. 기모노를 입을 기회가 있는 것은 유쾌한 일이지만 역시 일상복보다 지친다. 허리끈을 풀고 겉옷을 문틀에 걸었고 속옷을 입은 채 털썩 주저앉았다. 그러고 보니 이 기모노는 미와와 같이 맞춘 것이었다. 기껏 옷을 지었는데 입을 기회가 그다지 없는 듯해서 너한테 양보하고 싶다는 말을 그녀는 했었다. 어울리니까 입으라고 해서 이제 갓 맞춘 건데 무슨 소리를 하냐고 나는 어처구니가 없다는 듯 대답했다.

그렇구나, 기모노구나. 그렇다면 고맙게 받을까? 하지만 만약 그렇다면 그 정도로 복잡한 이야기가 아니지 않은가. 무언가를 받는 것은 번거로운 일이구나, 역시 아무 말도 듣지 말고 거절하는 게 좋았으려나 하고 여전히 꾸물대면서 계속 생각하며 심야 방송을 보려고 텔레비전을 켰다.

이튿날 나는 미와네 오빠를 만나 내가 물려받은 것을 알았다. 기모노는커녕 그건 개였다.

그것도 치와와나 토이푸들 같은 소형견이 아니라 체중이 24킬로그램이나 나가는 골든리트리버였다. 개는 암컷으로 여섯 살이라고 했다. 내가 그녀와 만나지 않게 되고서부터 기르기 시작한 걸까.

긴자의 개인 커피점에서 그는 넓은 이마에 나는 땀을 끊임없이 닦으며 "번거롭게 해드려서 죄송합니다"라고 송구스럽다는 모습으로 고개를 숙였다. 가방에서 노트 한 권과 옅은 갈색의 개 사진을 꺼내 테이블에 나란히 놓았다. 그리고 부담부유증(유언자가 유증을 할 때 수증자에게 일정한 법률상의 의무를 지우는 유증으로, 자신이 죽은 후에 A를 하면 B를 주겠다는 것을 뜻함)이라는 단어를 나는 태어나서 처음으로 들었다.

그 얇은 노트 표지에는 단정한 서체로 엔딩노트라고 인쇄되어 있었다. 그런 게 유행해서 문방구점 등에서 팔고 있다는 건 알았지만 실물을 본 건 처음이었다. 새것조차 본 적이 없는데 실제로 죽은 친구가 쓴 것이라고 생각하자 왠지 모르게 기묘한 느낌이 들었다.

맨 첫 페이지에는 그녀가 희망하는 장례식 스타일이 적혀 있었다. 무교의 송별회 같은 스타일로 계명은 절대로 붙이지 말고, 이 사람과 이 사람은 장례식에 부르지 말았으면 하며, 꽃은 국화가 아닌 것을, 흰색이 아니라 색이 있는 꽃을 한가득, 계절이 되면 작약을 관에 넣어줬으면 한다고 했다. 영정사진과 장례식 때 트는 음악은 씨디롬에 들어 있는 것으로 하고, 유골은 무덤에 넣지 말고 모두 카나리아 제도에 뿌려달라고 되어 있었다. 쭉 훑어보기만 했는데도 그런 글이 쓰여 있었다.

그 장례식에서 돌아가는 길에 나도 같은 상상을 했다는 사실을 떠올리고, 이렇게 쓰여 있으면 너무 방약무인하겠다며 나는 얼굴을 붉혔다. 하지만 파스텔블루 펜으로 휘갈겨 쓰여 있는 것을 보아, 그녀는 그리 진지하지 않고 가벼운 마음으로 이것을 적지 않았을까 싶었다.

"유품을 정리하는데 서랍 안에서 나왔어요. 좀 더 발견하기 쉬운 곳에 놔뒀으면 좋았을 텐데."

내내 딱딱한 어조로 말하던 그가 갑자기 편안한 말투를 했다. 그리고 이쪽이 당황스러울 정도로 빙긋이 웃었다. 활짝 웃으니 어린 시절의 모습이 겹쳐졌다.

"뭐, 바로 발견했다고 해도 그런 장례식은 못 했을 거지만요. 카나리아 제도가 어딘지 조사해봤어요. 적어도 하와이 정도라면 괜찮았을 텐데."

그의 느낌 좋은 중얼거리는 소리에 긴장감이 조금 풀려 나도 웃었다. 그리고 재촉 받아 다음 페이지를 넘겼다. 그곳에 내 이름이 있었다.

'친구 나카타 유코에게 현금 500만 엔을 유증한다. 수유자 나카타 유코는 유증에 대한 부담으로 유언자가 오랜 세

월 키워온 반려견 릴리를 맡아 소중하게 키우도록 한다.'

무언가의 견본을 보면서 쓴 듯한 딱딱한 문장 뒤에 내 주소와 휴대전화 번호가 적혀 있었다. 서명과 날짜는 2년 전의 것이었다.

노트와 자신에게 내민 대형견 사진을 지그시 보고 나는 잠시 할 말을 잃었다.

"이 말은 개를 맡는 대신에 500만 엔을 준다는 뜻인가요?"

"네, 부담부유증이라고 하나 보더라고요. 그래도 정식 유언장이 아니라서 법적 구속력은 없어요. 아, 구청 법률상담 창구에서 확실히 물어보고 왔어요. 거기서 혹시 생전에 기르던 반려견을 물려주기로 약속했을지도 모르니 물어보는 편이 좋다고 해서요."

"약속한 적 없어요. 아무 말도 못 들었고요. 7년 정도 안 만나서 개를 키우는지도 몰랐어요."

"그래요?"

큼직한 몸을 웅크리다시피 하고서 그는 고개를 숙였다. 서로 아무 말 없이 아이스티를 홀짝였다. 잔에 곁들여진 그의 왼손에 결혼반지가 당연한 듯 끼워져 있었다. 흰 폴로셔츠에 평범한 치노팬츠. 모두 다 갓 세탁한 듯이 말쑥했다.

머리카락은 횡하고 허리 부근에는 나잇살이 조금 붙었지만, 그게 방황하는 인생을 보내지 않았다는 증거처럼 나에게는 보였다.

이 사람과 가정을 꾸릴 가능성도 없었던 게 아니라고 나는 문득 생각했다. 이 사람과 인생을 보내기로 정했어도 좋았을 텐데 소녀 시절의 나는 어째서 그렇게나 두려워했을까. 어째서 좋아하는 사람을 자신에게서 멀어지게 하는 행동을 했을까.

나는 개 사진을 한 번 더 보았다. 야무지게 앉아서 검은 눈동자로 카메라를 올려다보고 혀를 내밀고 있었다. 마치웃고 있는 것처럼 보였다. 나는 혼란스러웠다.

"저기, 제가 좀 곤란하네요."

거의 울먹이다시피 나는 말했다.

"거둬들이면 좋겠지만 지금 좁은 아파트에서 살고 있어서요."

"그렇군요."

"오빠네 집에서는 못 키우시나요?"

"저희 집도 반려견을 못 키우는 아파트인데다, 자녀도 셋이라서 조금 어려울 것 같아요. 이번 일로 어머니는 앓아눕게 되고 아버지도 맥을 못 추고 계세요. 지금은 동물병원에서 맡아주고 있는데 계속 맡겨놓을 수가 없어서요."

그의 말이 왠지 이쪽을 압박해오는 것처럼 느꼈다. 중학생인 내가 그에게 잡힌 손을 당황해서 뿌리쳤을 때를 떠올렸다. 내가 그 500만 엔을 반려할 테니 그 돈으로 개를 키울 수 있는 집으로 이사하시는 건 어떤가요? 자녀가 셋이나 있으면 다 같이 번갈아 돌볼 수 있잖아요. 그렇게 말하려던 그때 한 발 빨리 그가 입을 열었다.

"저기, 생각해봐주시면 안 될까요? 솔직히 말씀드릴게요. 개와 함께 건네 드리는 금액은 저희에게는 거액입니다. 가족이 아닌 분에게 드리는 게 아까운 건 사실입니다. 부모님은 고령이시고 아이 학비도 장난이 아닙니다. 그렇다고 해서 개까지 돌보게 되면 사는 곳부터 어떻게든 다시 검토해야 합니다. 가능하면 당신처럼 홀가분한 사람이 거두어준다면 개도 행복할 테고 외로웠던 여동생도 성불할 겁니다."

조금 전의 편한 모습은 사라지고 그는 침통한 목소리로 고개를 조아렸다. 나는 산소가 부족한 물고기처럼 몇 번인가 입을 열었다가 닫았다. 말이 나오지 않았다.

"한 번 개를 보러 와주지 않으실래요? 얌전하고 귀여운 개입니다."

테이블 건너편에서 그는 손을 짚고 고개를 숙였다. 매끈한 정수리에서 나는 시선을 돌리고 아무 말 없이 일어나 가게 출구로 향했다. 떨리는 다리에 힘을 실고서 거리로 발을 내딛었다.

왜 도대체 왜. 왜, 왜, 왜냐고. 왜 이야기가 이렇게 되는 거야? 어째서야. 왜 어째서냐고. 머릿속에서 빙글빙글 그리 읊조리면서 나는 보행자 천국인 긴자 거리를 닥치는 대로 걸었다.

혹시 그는 개는 거두어들이되 돈은 거절하라고 말하고 싶은 걸까. 설마. 아무리 그래도. 하지만 아마 그럴 것이다. 자기 사정만 늘어놓고, 조금도 이쪽 사정이나 마음을 헤아리려고 하지 않았다. 홀가분한 사람이라니 무슨 소리야. 이 나이에 독신이면 아무 책임도 지지 않고 마음 편하게 살고 있다는 뜻인가? 사람을 무시하고 말이야.

더구나 '외로웠던 여동생도 성불한다'는 건 무슨 소리냐고. 그 아이가 외로웠는지 아닌지 잘 알지도 못하면서 단정 짓고 성불한다든가 안 한다든가. 아무리 가족이라도 그게 관용구라도 너무나도 심한 말이지 않은가.

애초에 왜 그 아이는 나한테 개를 맡기자고 생각했을까. 나보다 친한 사람은 얼마든지 있었을 텐데. 장례식에는 수많은 사람이 와서 여기저기에서 흐느껴 우는 소리가 들렸다. 내가 유일한 친구였을 리가 없다. 나만 절친한 사이일 리 없다. 나 같은 사람한테 부탁하기보다 내내 사귀던 그 연인이 더 좋지 않았을까. 아내가 있는 남자였지만 그는 유복하고 큰 독채에 살고 있으니 나보다 몇 배나 적임자가 아닐까. 왜 나일까. 괴롭힘일까. 다정하지 못했던 나에 대한 복수일까. 설마 그럴 리가.

정신없이 걷고 있다가 앞에서 걸어온 사람과 어깨를 세게 부딪쳤다. 상대가 혀를 차서 비틀거리면서 다급히 사과했다. 그리고 나는 보도 한가운데에 우두커니 서 있었다. 숨이 찼고 온몸에서 열이 나고 땀이 솟구치고 있었다. 올려다본 하늘이 장난 아니게 파랬다.

나는 미와와 친구였을까. 그녀는 나를 어떻게 생각했을까.

나잇값도 못하고 같은 아이돌을 좋아했다. 콘서트도 혼자 가기보다 같이 가는 게 좋아서 이래저래 흥분하면서 즐거워했다. 같은 나이에 마찬가지로 독신에 경제적인 사정도 서로 비슷해서 차를 마시든 식사를 하든 그다지 신경을 쓰지 않아도 되었다.

하지만 정말 마음이 잘 맞았는지 따지자면 잘 모르겠다. 표면상으로는 서로 존중하고 불공평하지 않도록 제멋대로 굴지 않도록 신경을 썼다. 누군가가 일에 대한 불평을 부리면 괴롭고 힘들겠다, 라고 맞장구를 치고 누군가가 수면 부족으로 나른하다고 하면 그건 큰일이니 느긋하게 쉬라며 배려했다. 절대 '누구든 나름대로 힘든 법이다'라든가 '밤을 새워가며 내내 텔레비전을 봐서다'라고 말하지 않았다. 공감하고 긍정하고 공조했다. 그게 나에게 있어서의 여자친구였다.

그 공감놀이가 잘 굴러가지 않게 된 것은 그녀에게 처자식이 있는 연인이 생긴 일 때문이었다. 미래가 없는 연애였지만 미와가 좋아한다면 하는 수 없다고 생각해서 아무 말도 하지 않았다. "아무도 없는 것보다 낫다"라고 그녀가 말해 "그것도 그러네"라고 고개를 끄덕이면서도 나이를 먹을 만큼 먹어서 불륜 상대를 떠받드는 그녀에게 내심 조금 반감을 가졌다.

미와는 감이 좋아서 나한테 연인 이야기를 되도록 하지 않도록 신경을 썼다. 하지만 그만큼 인터넷상의 일기에 그와의 일을 빼곡하게 쓰게 되었다. 어느 레스토랑에 가서 무엇을 먹었다. 아내가 친정나들이를 간 틈에 그의 집으로 갔다. 밤을 새워야 하는 일이라고 거짓말을 해서 소소한 여행을 갔다. 처음에는 절반은 흥미로 그런 일기를 읽었는데 갈

수록 마음이 무거워져서 읽으러 가지 않았다. 일기에 곁들여진 그녀의 사진에서 그녀는 늘 눈부실 만큼 환한 미소를 짓고 있었지만, 그리고 반드시 혼자 찍혀 있어서 파인더 건너편에 그 남자가 있다는 사실을 상상할 수밖에 없었다. 사진에는 절대 담을 수 없는 검은 그림자 같은 남자가 무시무시했다.

그 남자와의 교제가 갈수록 진흙탕이 되어가자 그녀는 새로운 아이돌을 찾아서 콘서트에 몰려다니게 되었다. 젊은 여자아이들에 섞여서 화려한 부채를 만들거나 심야까지 대기한다는 이야기를 듣고 내 마음은 껄끄러워졌다. 가끔 만나도 그녀는 자신의 나이 절반 정도 되는 아이돌과 악수한 것을 마구 떠들어댔고 눈앞에 앉아 있는 나는 보이지 않는 듯했다. 마치 자신의 조카 이야기라도 하는 것처럼 "그 애는 사복 센스가 좀 부족해"라고 그녀가 하는 말을 들으면 나는 힘없이 미소 지으며 피곤한 마음을 감추는 것이 고작이었다. 속 쌍꺼풀에 전통적으로 예쁘장한 이목구비인데 과도한 마스카라나 볼터치를 해서 눈의 초점도 어딘가 맞지 않았다. 배려심이 있고 눈치가 빠른 그녀는 이제 어디에도 없었다.

그래서 나는 서서히 다다미 눈금만큼 한 칸 한 칸 조금씩 그녀로부터 멀어졌다. 흔해빠진 불륜, 흔해빠진 아이돌 덕질 활동. 그조차 포용력이 없었던 나는 "그럴 수도 있겠다"라고 말해주지 못했다. 그녀와 친구였다고 말할 자격이 나한테는 없었다. 가장 괴로울 때 그녀에게 버팀목이 되어주지 못했다. 어딘가 자신의 모습을 거울로 응시할 수 없을 만큼 괴로워서 시선을 돌리고 달아났던 것이다.

그래도 언젠가 그녀도 깨달아주지 않을까 나는 생각했다. 불륜 상대도 무대 위의 스타도 여차할 때는 아무것도 해주지 않을 것이고, 이제 보답받을 수 없는 귀중한 시간을 낭비하는 건 관두겠다고 말해주는 날이 오지 않을까 기대했다. 하지만 깨닫기 전에 영면하고 말았다, 언젠가 라는 날이 오지 않은 채 그녀의 인생은 완결되었고, 그렇게 느끼는 나는 오만할 걸까.

인파 속에서 우두커니 서서 나는 폭풍우 같은 상실감에 휩싸이고 있었다.

죽어버리다니 너무한다. 그렇게 보행자 천국 한가운데에서 발을 동동 구르며 외치고 싶었다.

소녀 시절의 그녀는 지극히 당연한 얼굴로, 되도록 빨리 결혼해서 남자아이와 여자아이 쌍둥이를 낳고 싶다고, 개나 고양이나 토끼를 키우고 큰 공원 옆에서 살고 싶다고 미래를 말했다. 유코랑 오빠가 결혼하면 근처에 살면서, 같이 요리를 하거나 과자를 구우면 즐겁겠다고, 할머니가 될 때까지 계속 친구로 지내자고 말했다. 그래, 그래, 쭉 같이 있으면 좋겠다고, 나는 그 꿈같은 이야기에 동조했다. 학교에서 돌아오는 길에 교복 옷자락을 흔들며 나란히 걸었지만, 미래는 분명 그렇게 되지 않으리라는 것을 우리는 둘 다 알고 있었을 것이다.

죽어버리다니 너무해. 기껏 개를 기르기 시작했는데 분명 엄청 예뻐하고 있었을 텐데. 그 개도 미와만이 유일한 가족이고 영문도 모른 채 갑자기 외톨이가 되어서 얼마나 불안할까. 그녀와 두 번 다시 만날 수 없다는 것을 이해하지 못한 채 인간의 사정으로 어딘가로 끌려가서 주사를 맞고 죽게 될까.

그렇다고 해서 내가 그 개를 구하는 건 어렵다. 분양처를 찾아서 돌아다니는 것만 가능하다. 누구든 갑자기 개를 키울 수 없다. 작은 새나 금붕어라면 그렇다 쳐도 자신의 양손으로 떠받치기 힘들 듯한, 갑자기 덮쳐오면 크게 다칠 듯한, 그런 큰 생물을 키우는 건 각오가 필요하다. 나도 일을 해야 하니 산책도 만족스럽게 데리고 나갈 수 없다. 내 작은 아파트에서는 같이 사는 게 불가능하다.

그러고 보니 미와는 어떤 집에서 그 개를 키우고 있었을까. 몇 번이나 놀러 간 적 있는 그 선로가의 아파트에서, 방하나와 부엌만 있는 작은 집에서 숨기다시피 하며 개와 살았을까.

나는 지금 걸어온 거리를 돌아보았다. 휴일의 긴자에는 모두가 밝은 얼굴을 하고 한 손에 쇼핑백을 들고 다른 한 손으로는 연인이나 아이의 손을 잡고 걷고 있었다. 멍하니 있는 건 나뿐인 듯했다. 누가 좀 도와줘, 라고 나는 읊조렸다.


그로부터 3년, 나는 쉰이 되었다. 릴리라는 이름의 암컷골든리트리버를 떠안고 살고 있다.

500만 엔은 받지 않았다. 그 대신 미와가 살던 무사시노시 테라스 하우스를 물려받게 되었다. 그녀는 개를 기르기 시작하자마자 바로 도심에서 그곳으로 이사를 한 것이었다.

역까지 걸어서 30분 이상 걸리는 장소로, 바로 근처에 지하철역이나 편의점이 있는 곳에서 오래 살아온 나는 처음에 당황했다. 녹음에 둘러싸여 있고 근처에 큰 공원도 있고 자동차가 있으면 나름대로 장도 볼 수 있어서 머지않아 익숙해졌다. 무엇보다 개를 기르기에 적합한 환경이었다.

릴리는 원래부터 그곳에서 그녀와 살고 있어, 내가 개를 떠안았다기보다 개가 있는 곳으로 내가 이사를 하는 형태가 되었다.

테라스 하우스라고 하면 듣기에는 좋지만 연립주택과 같았다. 세탁물을 널기 위해 작은 정원으로 나오면 아무래도 옆집 사람과 얼굴을 마주하기에 간단한 세상사는 이야기는 하게 되었다. 옆집 부인은 미와의 일로 나한테까지 조의를 표했다. 그리고 릴리가 돌아온 것을 무척이나 기뻐했다.

그 집은 그 불륜 상대가 위자료를 대신해서 그녀에게 사준 것이었다. 그 사실을 내내 읽으러 가지 않았던 인터넷상의 미와의 일기에서 알게 되었고 그녀의 오빠와 교섭을 한 것이다. 개를 맡아 기르는 것과 생판 모르는 타인인 나에게 돈을 건네는 것, 둘 다 난색을 표한 것은 그의 아내라는 사실을 나중에 알았다. 물론 그 아내는 미와의 테라스 하우스를 팔아 가족끼리 돈을 나누자고 주장했지만, 역시 그가 몹시 꾸짖어서 잠잠해진 모양이다. 개를 맡겠다고 결정하자 오빠는 눈시울을 붉히면서 몇 번이나 고개를 숙였다. 나는 그러니 셀 수 없을 만큼 그의 휑한 정수리를 보게 되었다.

처음 릴리를 대면했을 때 그 아이는 나에게 쿵 하고 몸을 힘껏 박듯이 안겨, 자글자글한 혀로 얼굴을 날름 핥아주었다. 얼굴이 개의 침투성이가 된 나는 '그만해, 지저분해지잖아'라고 내심 생각했다. 하지만 경험한 적 없는 생물의 침이 주는 따스함에 나는 조금 황홀해졌다.

같이 살기 시작하고서 맨 처음에 릴리도 나도 어색했다. 어리광을 부리며 꼬리를 흔든다 싶으면 애절하게 하울링을 했다. 그러면 그렇게 개를 좋아하지 않는 내가 이런 삶을 사는 건 역시 무리인가 하고 고민했다. 그녀가 잔뜩 사다놓은 반려견 음식도 먹기도 하고 먹지 않기도 하고 변도 가끔 묽어졌다. 독한 개 냄새가 문득 참을 수 없어서 집을 뛰쳐나가 돌아가고 싶지 않아서 공원 벤치에 앉아, 버리고 온 도시의 삶을 생각하며 눈물을 글썽이기도 했다. 반려견의 컨디션 때문에 수의사에게 상담하러 가자 나까지 걱정해주었다. 용건이 없어도 이곳에 와서 기분 전환으로 수다를 떨다 가도 된다고 수의사가 말했다.

무사시노에서 도쿄 동쪽에 있는 회사에 다니는 게 힘들어서 나는 결국 회사를 관두고 말았다. 관두기까지 꽤 고민했지만 관두니 왜 그렇게 고민했는지 이상할 만큼 마음이 후련했다.

일하지 않고 살아갈 수 없어서 일을 찾았다. 근처 홈센터의 원예 코너에서 아르바이트지만 고용되었다. 아르바이트라고 해도 한 주에 5일, 개점부터 폐점까지 일한다. 머지않아 어딘가 정사원으로 일할 수 있는 곳을 찾아야겠다고 생각하는 동안에 3년이 지나버렸다. 집과 직장이 가까워서 점심시간에 일단 돌아가 릴리의 상태를 볼 수 있어서 도움이 되었다.

일은 야외에서 하는 작업이 많고, 개 산책도 당연히 바깥을 돌아다녀야 해서 나는 눈 깜짝할 사이에 새까맣게 탔고 체중이 갈수록 빠졌다. 오랜만에 엄마를 만나니 그렇게 야위어서, 라며 걱정스러운 얼굴을 했다. 확실히 나는 매일 저녁 무렵에는 녹초가 되었다. 심야 텔레비전 프로그램도 보지 않게 되었다.

예쁜 옷은 있어도 입을 기회가 없어서 기모노도 원피스도 팔았다. 개털과 진흙이 묻어서 세탁기로 빨 수 있는 것만 사게 되었다.

집도 개도 숲속의 나무에 둘러싸인 삶도 익숙해지고 있고 죽은 미와에게 물려받은 거지만 나는 이제 그녀에 대해서 그다지 생각하지 않고 있고 별로 떠올리지도 않았다.

일도 달라졌고 옷도 달라졌다. 일어나는 시간도 자는 시간도 달라졌다. 어울리는 사람의 종류도 달라졌다. 하지만 그건 겉으로만 그럴 뿐 근본적으로는 나는 아무것도 달라지지 않은 듯하다.

이른 아침 공원에도 의외로 사람이 많다는 것을 나는 이곳으로 이사 와서 알았다.

나와 마찬가지로 개를 데려온 사람, 바스락바스락 바람막이의 소리를 내며 걷기 운동을 하는 연배의 주부, 선글라스를 쓰고 본격적으로 조깅을 하는 남성, 잔디에는 이따금 다양한 연령의 사람이 모여 태극권을 하고 있고 돌아갈 시간을 놓친 젊은 커플이 졸린 얼굴로 딱 붙어서 걷고 있기도 했다. 그리고 여러 사람이 릴리를 돌아보았다. "강아지가 크네요"라고 말을 걸어오는 사람도 있다.

깊어지는 가을의 공원 벤치에서 나는 집에서 우려 온 커피를 보온병으로 마셨다. 향기로운 내음을 가슴에 빨아들이고 플리스 주머니에서 단밤을 꺼내 갉아먹었다.

하늘에는 나지막한 구름이 자욱하게 껴 있었다. 귀 끝이 마비될 만큼 차가웠다. 이제 니트 모자가 필요한 계절이다. 나뭇가지가 바스락바스락 머리 위에서 흔들렸다. 다리 언저리의 개는 검고 큰 코로 킁킁대며 공기 냄새를 맡고 있었다. 새로운 겨울털에 뒤덮인 릴리의 등은 멋스러운 황금색이었다.

완전히 길이 들어 부드러워진 가죽 재질 리드 줄을 쥐고서 나는 일어섰다. 릴리는 나를 선도하듯이 걷기 시작했고 내가 제대로 따라오고 있는지 아닌지 몇 번이나 돌아보았다. 헥헥 하고 릴리는 흰 김을 내뿜었다.

그녀는 만년에 이런 삶을 살고 있었던 것이다. 외로웠을지도 모르지만 그만큼 불행하지는 않았다. 설령 외로움을 메우기 위해 기른 반려견이라도 온기와 신뢰를 아낌없이 주는 생물이 근처에 있었던 것이다.

그녀가 어째서 나에게 반려견을 맡겼는지 그 이유는 역시 모른다. 알 수 없는 채 나는 살아간다. 답이 나오지 않을 거라는 걸 알고 있는데 답을 찾아서 헤매고 있다.

나는 한 주에 닷새 일을 가고, 휴일에는 반려견 산책과 장을 보고, 밤에는 친구나 가족과 식사를 하거나 욕실에서 추리소설을 읽는다. 일상에 싫증날 일은 없다.

무언가 이루었다는 실감 없이 이것저것 어중간한 채 어른도 되지 못하고, 유치함과 제멋대로인 모습에서 벗어나지 못한 채 확실히 죽을 때까지 말이다.

# 바닐라

**1판 1쇄 발행** 2023년 06월 11일

**지은이** 야마모토 후미오
**옮긴이** 김현화

**디자인** 남서우
**제작** 금비피앤피 곽민주
**경영지원** 김미애

**펴낸이** 이동훈
**펴낸곳** 도서출판 직선과곡선
**출판등록** 2016년 9월 28일 제2016-000280호
**주소** [06153] 서울특별시 강남구 봉은사로 418, 5층
**전화** 02) 555-8105 | **팩스** 02) 564-0757
**홈페이지** snc-p.com | **이메일** snc-p@naver.com

**ISBN** 979-11-90187-36-7 03830